AF236995

Die Männer aus dem Teufelsmoor

Nach einer Episode als Schiffsjunge auf einem Stückgut-Frachter des Norddeutschen Lloyd machte Hans Garbaden eine Schriftsetzerlehre. Daneben nahm er Schauspielunterricht an der Niederdeutschen Bühne in Bremen. An der Meisterschule für Graphik, Druck und Werbung in Berlin schloss sich ein Fachstudium im Bereich Marketing an. Nach 17 Jahren in der Marketingabteilung einer Bremer Brauerei und zehn Jahren Tätigkeiten in internationalen Werbeagenturen in Hamburg wechselte er als Darsteller vor die Kamera. Seit 1997 in über 700 Film- und Fernsehproduktionen war Hans Garbaden als Episoden- und Nebendarsteller im Einsatz. Seit 1999 hat er als freier Mitarbeiter beim NDR in über 350 Sendungen wie „Aufgepasst Gefahr!", „DAS!", „Extra 3" und als Sketchpartner von Hans Scheibner als Darsteller mitgewirkt.

www.hansgarbaden.de

Hans Garbaden

Die Männer aus dem Teufelsmoor

Bibliografische Information der Deutschen Nationalbibliothek:
Die Deutsche Nationalbibliothek verzeichnet diese Publikation in der
Deutschen Nationalbibliografie; detaillierte bibliografische Daten sind im
Internet über dnb.dnb.de abrufbar.

© 2022 Hans Garbaden
Satz, Herstellung und Verlag: BoD – Books on Demand, Norderstedt
ISBN 978-3-7543-5653-1

Covergestaltung und Bildbearbeitung: Rainer Pinior
Lektorat: Dorothea Jungk

In Flanderns Feldern

In Flanderns Feldern blüht der Mohn
zwischen Kreuzen, Glied in Glied
und weit, weit über uns da fliegt
eine Lerche, kaum vernommen
in einer Welt, die sich bekriegt

Wir sind die Toten. Lang ist es nicht
da lebten wir in des Tages Licht
liebten und wurden geliebt,
und nun liegen wir in Flanderns Feldern

Führt fort die Wehr gegen den Feind
Nehmt aus unserer fahlen Hand
die Fackel und seid das Licht, das scheint.
Verwehrt uns diese Bitte nicht
auf dass wir ruhen, wenn die Blüte bricht
in Flanderns Feldern

John MCrae

Nach dem über Worpswede hinweggezogenen Maige-
witter mit Blitz und Donner setzten schwere Regengüsse
über der kargen Landschaft des Teufelsmoores ein.
Der Mooranbauer Diedrich Garbaden und seine Frau
Anna Catharina schafften es gerade noch rechtzeitig
vom Torfstich zurück in ihre moosbedeckte Bauernkate.
Schon während ihrer Arbeit, bei der Diedrich den Torf
stach und Anna Catharina die Soden mit einer Schubkarre zu ihrem Trockenplatz brachte, setzten bei ihr die
Wehen ein.
Sie hatten nicht mehr auf ein weiteres Kind gehofft.
Nach zwei Söhnen, Claus Hinrich im Jahr 1864 und Ge-
org im Jahr 1871 und zwei Totgeburten glaubten Dietrich
und Anna Catharina nicht mehr an weitere Kinder. Aber
jetzt im Mai 1879 erwartete Anna Catharina doch noch
ein Kind.
Die von Diedrich schnell herbei gerufene Nachbarin
Wübbeke Tietjen, die in ihrem Leben schon sieben eigene
Kinder zur Welt gebracht hatte, half bei der Entbindung.
Es war ihr nicht schwergefallen, das Melken der Ziegen
auf ihrem nahe gelegenen Hof zu unterbrechen.
Kurz nachdem das Wasser in dem über der Feuerstelle
im Flett hängenden Kessel kochte, war es soweit: Ein
Junge!
Es wurde also nach Claus Hinrich und Georg ihr drittes

Kind. Die Geburt verlief diesmal, 15 Jahre nach der Geburt ihres ersten Jungen, ohne Komplikationen.

„Johann soll er heißen, nach meinem Bruder im Ort Teufelsmoor", sagte Diedrich, dem seine 65 Lebensjahre im Moor anzusehen waren. Von Statur groß und kräftig, hinterließen die Jahrzehnte schwerer Arbeit als Moorbauer ihre Spuren. Mit seiner leicht gebeugten Figur und dem schleppenden Gang wirkte er deutlich älter. Jetzt freute er sich darauf, dass ihnen in einigen Jahren ein dritter kräftiger Junge bei der Moorkolonisierung auf ihrem Stück Land zur Hand gehen würde.

Auch die beiden Söhne Claus Hinrich und Georg waren inzwischen von den unergiebigen Weiden zurück gekommen, von wo sie die Kuh, die Schafe und ihre Ziegen vor dem schweren Unwetter in die Sicherheit des heimischen Stalls brachten.

Schweigend standen die beiden Jungen jetzt neben ihrem Vater und Wübbeke Tietjen vor der Butze, in der ihre Mutter auf dem mit Heidekraut gefüllten Kissen lag und glücklich den kleinen Johann in ihren Armen hielt.

Bis ins Mittelalter wurde das Teufelsmoor nur in den Randgebieten landwirtschaftlich genutzt. Ende des 17. Jahrhunderts begann die Kolonisierung des Teufelsmoores als Torfabbaugebiet. Jungbauern aus den Grenzgebieten der Moore betrieben vorher eigenmächtig Torfstiche und machten die Abbaustellen urbar. Im Jahre 1718 übernahm die kurhannoversche Regierung die Herzogtümer Bremen und Verden nach 67-jähriger schwedischer und dreijähriger dänischer Herrschaft. Sie entwickelte Pläne, das Teufelsmoor unter staatlicher Lenkung planmäßig zu kultivieren. Damit wurde die wilde Nutzung der Moorflächen beendet, und die Kolonisierung wurde vom hannoverschen König befohlen, der den Moorkolonisator Jürgen Christian Findorff 1751 mit der Umsetzung betraute. Um die Hofstellen bewarben sich Knechte und Söhne, die wegen eines älteren Bruders keine Erbrechte auf den elterlichen Hof besaßen. Die jetzt selbständigen Moorbauern mussten ihre Freiheit auf eigenen Höfen teuer bezahlen. Auf den sumpfigen Wegen musste das Bauholz für die einfachen Katen herangeschafft werden. Später wurden Gräben und Kanäle angelegt. Sie bildeten das Verkehrsnetz. Bis auf dem moorigen Grund feste Wege angelegt waren vergingen Jahrzehnte. Die Arbeiten in dem überaus feuchten Klima machte den Menschen schwer zu schaffen. Die durchschnittliche Lebenserwartung im Moor war unter diesen Umständen nicht sehr hoch.

Als die ersten Moorkolonien gegründet wurden, bekam jeder Anbauer etwa 50 Morgen Moor zugebilligt. Es war artenarmes Land. Der Boden zu sauer, zu nass und nährstoffarm. Dazu gab es neun Morgen Saatland, zwei Morgen für die Hofstelle, für den Garten und den anzulegenden Entwässerungskanal. Weiter 15 Morgen Torfstich und 24 Morgen Wiesenland, auf dem noch kein Grashalm wuchs. Die Regierenden versprachen sich von solchen Landabgaben für später neue Steuereinnahmequellen. Ein weiterer Grund für die Siedlungspolitik war auch, die Moorbauern unabhängig zu machen, in dem sie für ihre Ernährung durch die Erträge auf ihrem Land selbst sorgen konnten.

Diedrich Garbaden wurde am 4. September 1824 in dem Ort Dorfmoor geboren. Am 29. Januar 1864 heiratete er im Alter von 40 Jahren die 18jährige Anna Catharina Bremer aus Kleinmoor. Nach der Heirat wurde ihnen eine Parzelle aus staatlichem Eigentum auf einem ungenutzten Stück Hochmoor in Lüninghausen zugewiesen. Eine sechsköpfige Familie sollte auf diesem in der Nähe Worpswedes gelegenen Stück Moor ihr Auskommen finden.

Diedrich erhielt den Anbauplatz in völlig rohem Zustand. Die Damm- und Grabenarbeiten wurden ihm unter Aufsicht der Grabenmeister unter Leitung des Mooramtes übertragen.

Als Starthilfe erhielt er Bauholz, Getreidesaat und ein paar Obstbäume. Viehhaltung war auf diesem Boden ohne Weideflächen noch nicht möglich. Der Torfabbau und Verkauf musste genug Geld zum Überleben bringen. Was Diedrich lockte, war die Aussicht auf Eigentum und die Befreiung von Steuern für die erste Zeit. Für jüngere Anbauern war auch die Befreiung vom Militärdienst mit ausschlaggebend.

Diedrich konnte auf dem nassen Moorboden vorerst nur eine einfache Kate errichten. Mit wenig Geld und Hilfe der Nachbarschaft wurde sie gebaut. Aus den staatlichen Forsten wurden ihm kostenlos Baumstämme zur Verfügung gestellt. Dreieckswände mit Tür und Fenstern bildeten die Vorder- und Rückseite der Kate. Die Dächer reichten seitlich vom First bis auf den Boden. Das Moor lieferte ihm weiteres Baumaterial. Das Dachgerüst wurde mit Heideplaggen belegt, die Diedrich mit der Handkarre herbeischaffte. An der Vorder- und Rückseite der Kate wurden die Holzgerüste mit Torfsoden verfüllt.

Nachdem Diedrich auf dem von ihm angelegten Buchweizenfeld das erste Korn mit der Sense geerntet hatte, wurden die Soden auf dem Dach gegen das Stroh des Getreides ausgetauscht. Als Diedrich die Gelegenheit bekam, von der Geest Lehm abzuholen, zögerte er nicht. Auch hier kam die Handkarre wieder zum Einsatz. Das schwere, leicht feuchte Material wurde in der Kate abgekippt. Nach drei Fuhren reichte die Menge, und der Lehm wurde von Anna Catharina und Diedrich mit ihren Holzschuhen festgestampft.

Als Anna Catharina und der kleine Johann nach der Begutachtung des neuen Familienmitglieds schliefen, saß der Rest der Familie im Flett um die offene Feuerstelle. Wübbeke Tietjen kümmerte sich auf ihrem Hof wieder um ihre Ziegen. Die eigenen Ziegen und ihre Kuh waren von dem achtjährigen Georg gemolken worden. Auch die Schafe standen an der anderen Längsseite der Kate in ihren Stallungen und machten sich über das Heu her, das Claus Hinrich ihnen in die Raufe gegeben hatte. Es war seine Aufgabe als älterer Sohn – er war 15 Jahre alt – für die Tiere zu sorgen. Aber auch beim Torfstechen musste er tüchtig mit anpacken. Wenn auf ihrem Acker der Buchweizen geschnitten wurde, war die gesamte Familie eingespannt.

Nur wenige Anbauern und nur die, deren Höfe an der Hamme lagen, besaßen ein Arbeitspferd. Wenn der Fluss bei Hochwasser das angrenzende Land überflutete, gedieh dort später auf dem kargen Boden Gras, um ein genügsames Arbeitspferd mit Futter zu versorgen.

Claus Hinrichs Traum war es, ein Pferd anzuschaffen, damit für die Familie die schwere Arbeit erleichtert würde. Wenn er diese Idee äußerte, winkte sein Vater nur ab: „Der Verkauf von Backtorf bringt nicht genug Geld. Es reicht einfach nicht für die Anschaffung eines Pferdes."

Jetzt, nach der Geburt seines kleinen Bruders, war Claus Hinrichs Traum von einem Pferd in weite Ferne gerückt.

Diedrich kam vom Standesamt in Worpswede, wo die Geburt seines Sohnes Johann beurkundet worden war. Im Schapp auf dem Flett zog er eine Schublade auf und legte die schriftliche Bestätigung zu seiner Heiratsurkunde mit Anna Catharina und den Geburtsurkunden seiner Söhne Claus Hinrich und Georg sowie den anderen Familienunterlagen.

Jetzt stand er auf dem nassen Boden vor seiner Kate und kam ins Grübeln. Die ständige Feuchtigkeit war es, die mit dazu beigetragen hatte, dass eines ihrer Kinder 1867 nur 15 Tage überlebte und ein weiteres Kind 1874 eine Totgeburt war.

Sein Vater Claus in dem Ortsteil Torfmoor verlor zwei Ehefrauen durch das entbehrungsreiche Leben im Moor. Aber sechs Kinder sorgten auch dafür, dass der Vater die schwere Arbeit der Moorkolonisierung schaffte.

Geburtsurkunde Johann Garbaden

Dadurch hatte Diedrich sich erst spät zur Eigenständigkeit entschließen können. Den väterlichen Hof erbte sein Bruder, der zwei Jahre vor ihm geboren und somit der älteste Sohn war. Auch sein ältester Sohn Claus Hinrich würde den Hof erben. Aber was würde das Schicksal für Georg und Johann bereit halten, die ihr Glück irgendwann woanders suchen mussten?

Diedrich blickte auf das ihm zugewiesene Stück Land. Auf einer kleinen Anhöhe mit wenig Moorvegetation blieb sein Blick hängen. Dort wuchsen einige kleine Birken, Zwergsträucher wie Moosbeere, Wollgras, deren erste Fruchthaare schon ausgebildet waren, und ein paar Gagelsträucher. Ein Stück Land, auf dem nicht einmal seine Ziegen Nahrung fanden.

Hier sollte es stehen! Das Fachwerkhaus für seine Familie.

Er ging zurück in die Kate und sah, dass Anna Catharina reichlich Buchweizenpfannkuchen zubereitete. Der Torfrauch von der Feuerstelle zog hoch an das geschwärzte Gebälk und von dort durch ein Fenster ins Freie. Nachdem die Männer mit ihren Pfannkuchen versorgt waren, begab sie sich – noch von der Geburt geschwächt – in die Butze zu dem kleinen Johann.

Die Butze von Mutter und Kind lag an einer der Längsseiten der Kate, auf der sich drei Schlafstellen befanden. Eine für die Eltern und zwei für die Kinder. Auf der anderen Längsseite befanden sich die einfachen, offenen Verschläge für die Kuh, die Schafe und Ziegen. Als Streu wurde den Tieren abgemähte Heide hinein gegeben. Eine Aufgabe, die Claus Hinrich erledigte.

Nachdem die Buchweizenpfannkuchen gegessen waren, erklärte der Vater seinen Söhnen, worum es sich bei dem Besuch eines Beamten der Regierung vor einigen Tagen gehandelt hatte:

„Wir müssen bauen. Das hat der Mann gefordert. Bei der Ausweisung unserer Siedlungsstelle wurde – wie auch bei anderen Bauern – zur Bedingung gemacht, die Kate nach einer gewissen Zeit durch ein richtiges Fachwerkhaus zu ersetzen. Das Bauholz wird zur Verfügung gestellt und binnen eines Jahres muss das Haus stehen. Ich habe mit Zimmermann Lüder Helmken in Worpswede gesprochen. Aber wir drei und eure Mutter werden kräftig mit anpacken müssen."

Claus Hinrich wurde hellwach:

„Wird das Haus auch einen Stall für ein Pferd haben?"

Der Vater schüttelte den Kopf:

„Daraus wird nichts. Unser Erspartes reicht doch nicht einmal für den Bau des Hauses. Unsere Nachbarn Cord Murken und Harm Geffken werden beim Bau helfen. Aber der Zimmermann muss bezahlt werden. Außerdem werde ich noch einen Kredit aufnehmen müssen. Erst wenn wir später die Möglichkeit haben, mehr Weideland zu bekommen, können wir an die Anschaffung eines Arbeitspferdes denken. Außerdem habe ich andere Pläne: Du bist als ältester Sohn Hoferbe und wirst, so hoffe ich, mit einer tüchtigen Frau in dem neuen Haus wohnen. Deine Mutter und ich werden uns dann in der alten Kate auf das Altenteil zurückziehen."

Diedrich Garbaden legte eine Hand auf die Schulter seines Sohnes Georg:

„Auch du wirst mithelfen müssen."
Der schweigsamere der Brüder sagte nur:
„Ich bin schon fast so stark wie Claus Hinrich."
Der Moorbauer stand auf und ging wieder vor die schmale Tür der Kate. Dabei bekam er sofort nasse Füße. Die Regenschauer waren in ein leichtes Nieseln übergegangen. Er blickte auf den von ihm ausgehobenen Abzugsgraben, der die Kate umgab, um das schwammige Moor im Hausbereich zu entwässern. Das dunkle Wasser stand jetzt bis an die Türschwelle. So etwas würde es vor dem Fachwerkhaus auf dem Bulten nicht mehr geben.

Er ging in Gedanken die Finanzierung des Neubaus durch. Trotz der Zoll- und Kanalgebühren und Beträgen, die bei Deichüberquerungen fällig waren, wenn er seinen Torf nach Bremen verschiffte, war ein finanzieller Grundstock vorhanden. Mit der Aufnahme eines Kredits und überwiegend Eigenhilfe müsste der Bau zu schaffen sein. Voraussetzung war, dass er den Verkauf von Backtorf noch steigerte. Ihm war klar, dass er das nur mit Hilfe von Anna Catharina und den Söhnen schaffen konnte.

Wieder gab es auf dem Hof der Garbadens eine Geburt: Liese, ihre Milchkuh kalbte.

„Ein Mädchen", jubelte der vierjährige Johann, der bei der Geburt dabei sein durfte. Vater Diedrich war froh, dass es ein weibliches Tier war. Sie würde sicher irgendwann wie die Mutter Liese reichlich Milch geben. Die Geburt verlief ohne Komplikationen. Tierarzt Dirk Boschen musste nicht gerufen werden. Johann gab der kleinen Kuh auch gleich einen Namen: „Lotte soll sie heißen." Der Vater war einverstanden. Er war von dem kleinen Johann begeistert, der sich prächtig entwickelte. Ganz anders als sein ältester Sohn.

Der Baubeginn des Fachwerkhauses gestaltete sich nicht einfach. Das Haus sollte auf einem Bulten, der überwiegend aus Sand bestand, errichtet werden. Gleich am Anfang gab es Schwierigkeiten. Diedrich musste feststellen, dass sich unterhalb des Sandbodens noch Torfschichten befanden. Nachdem die abgebaut waren, musste Sand herbei geschafft werden, um die Grube damit zu füllen. Außerdem machten Unwetter mit Überschwemmungen die Arbeit zusätzlich schwer.

Während der Bau des Hauses trotz allem Fortschritte machte, war es immer wieder zu Streitigkeiten zwischen dem Vater und seinem Sohn Claus Hinrich gekommen. Der Sohn, der sich oft im Pferdestall des Nachbarbauern herumtrieb, drängte den Vater, aus der alten, bald leer stehenden Kate mit wenigen Veränderungen einen Pferdestall zu bauen.

Diedrichs Pläne sahen anders aus. Milchkühe und eine kleine Schweinezucht würden soviel Ertrag bringen, dass die Darlehnsbelastungen reduziert werden könnten. Und auch die strapaziösen Torfverkaufsfahrten nach Bremen müssten nicht mehr so häufig gemacht werden.

Als Claus Hinrich zu einer dieser Fahrten mitkommen sollte, kam es zum Eklat.

„Statt auf Handkarren die ganze Ladung zum Anlegeplatz zu schaffen, könnten wir es doch einfacher haben, wenn wir ein Arbeitspferd anspannen würden", schrie der Sohn seinen Vater an und verschwand zum Pferdestall des Nachbarn.

„Ich kann es nicht mehr hören. Du bist ja ein richtiger Pferdenarr", rief sein Vater ihm nach. Aber das hörte Claus Hinrich nicht mehr.

Als Diedrich Garbaden seinen Sohn später zur Rede stellte, auf die noch laufenden Kredite für den Hausbau hinwies und mit Enterbung drohte, verließ Claus Hinrich das Haus mit der Bemerkung:

„Dann werde ich jetzt Hollandgänger."

Diedrich ließ ihn gehen.

Hollandgänger waren Männer, die keinen Hof besaßen, aber auch Moorbauern, die ihre Roggen- und Buchweizenfelder auf ihren kargen Böden bestellten und die Pflege ihren Frauen und Kindern überließen. Sie selbst waren in den Niederlanden als Arbeitskräfte gefragt, als tüchtige Landarbeiter geschätzt und auch sehr gut bezahlt. Rechtzeitig zur Ernte kamen sie in die Heimat zurück.

Anna Catharina war nach der Geburt von Johann nie wieder richtig auf die Beine gekommen. Trotzdem half sie beim Torfabbau, bei der Verschiffung und schob dabei auch die voll beladenen Karren. Die ständigen Streitigkeiten zwischen ihrem Mann und dem ältesten Sohn belasteten sie zusätzlich. Nicht ganz überraschend war sie vor einem Jahr verstorben.

So waren jetzt nur Vater Diedrich, der zwölfjährige Georg und der kleine Johann bei der Geburt des Kalbes im Stall.

Während Diedrich das Neugeborene mit Stroh trocken rieb, blickte er zu der Altkuh hoch:

„Gut gemacht, Liese."

Der Bau ihres neuen Fachwerkhauses musste zügig bewerkstelligt werden, weil die Beamten des Mooramtes Diedrich in der Vergangenheit schon mehrfach mit Abmeierung, dem Entzug seiner Siedlerstelle gedroht hatten.

Die von den Ämtern zur Kolonisierung des Moores zur Verfügung gestellten Parzellen und das kostenlose Bauholz für eine einfache Kate war mit der Verpflichtung verbunden, kurzfristig ein Fachwerkhaus zu errichten. Eine für Diedrich fast unmögliche Aufgabe. Aber die Ämter legten die Vorschrift mit der Zeitspanne sehr großzügig aus, weil sie um die schwierigen Lebensverhältnisse der Moorsiedler wussten.

Den Sand für die Verfüllung und Erhöhung des Bultens schaffte Diedrich mit seinem Torfkahn in mehreren Fuhren heran. Das Eichenholz stellte wieder die staatliche Forstverwaltung zur Verfügung. Auch das musste auf dem Wasserweg heran geschafft werden; genau wie die Findlinge, auf denen die Eichenschwellen beim Bau gelagert wurden. Auf den Rahmen der Eichenschwellen stellte Zimmermann Lüder Helmken das Fachwerk des Hauses. Die Stämme wurden mit der Zweihandsäge von Helmken und Diedrich zu Balken aufgeschnitten. In die Fächer des Fachwerkes setzten sie Gitter aus Knüppeln, die mit Stroh durchflochten waren. Von der Geest holte Diedrich mehrere Fuhren Lehm, mit dem die quadratischen Gitter verputzt wurden.

Wie schon bei der Errichtung der Kate war die Beschaffung des Lehms nicht einfach. Die Geestbauern, die seit Generationen ihre Höfe besaßen und deutlich besser gestellt waren als die Moorkolonisten, sahen es nicht gern, wenn diese aus ihren Lehmkuhlen einige Fuhren mit dem Handkarren abholten.

Diedrich hatte den am nächsten gelegenen Bauernhof in der Geest angesteuert. Gevert Schnaars, Besitzer einer der größten Höfe in der Gegend, reagierte sehr unwirsch. Letztlich gestattete er dem Bittsteller großzügig, die benötigte Menge abzufahren.

Der zwölfjährige Georg bekam die Aufgabe, die Lehmwände weiß zu kalken.

Wie in ihrer Kate bestand auch hier die Diele aus festgestampftem Lehm. Rechts und links lagen die offenen Stallungen ihrer Tiere. Lotte mit dem Kalb, Ziegen und

Schafe, von denen zwei gelammt hatten. In einem festen Stall lag ein Schwein. Eine Sau, die gedeckt worden war. Diedrich hoffte auf viele Ferkel.

Durch eine kleine Seitentür wurde der Dung nach draußen geschafft. Der Misthaufen und die Jauchegrube lagen neben dem Haus. Eine getigerte Katze sorgte dafür, dass sich keine Mäuse über die Speisevorräte hermachten.

An der Stirnseite der Diele lag die aus Ziegeln gemauerte Herdstelle, über der ein gusseiserner Kessel hing. Der aufsteigende Rauch aus dem offenen Feuer zog durch die Uhlenflucht und durch die vierteilige Dielentür, bei der die oberen Türen bei guter Witterung immer geöffnet waren. Hinter der Feuerstelle lagen die Kammern mit den Schlafbutzen. Sie waren durch Lehmwände getrennt. Eine Kammer für Vater Diedrich und zwei kleinere für Georg und Johann.

Die beiden würden zusammenrücken müssen und eine Kammer frei machen, falls Claus Hinrich wieder auftauchen sollte. Der Vater und auch die Brüder hofften sehr darauf.

Einen Steinwurf weit hinter dem Haus stand ihre roh gezimmerte Scheune. Darin war der Stall für die Hühner, die sich tagsüber im Umfeld des Hofes ihr Futter suchten. Auch einen Verschlag, in dem ein paar Gänse und Enten ihre Nächte verbrachten, gab es. Tagsüber gründelten sie auf einem von Vater und Söhnen angelegten Teich.

Neben der Weide für die Kuh Liese und ihrem Kalb bebaute Diedrich ein Feld mit Buchweizen.

Bevor die Saat ausgebracht werden konnte, musste auf dem krautigen Boden ein großflächiges kontrolliertes

Feuer entfacht werden. Diedrich und Georg patroullierten an den Rändern und verhinderten ein Ausufern des Brandes.

Nach der Brandrodung war aus dem kargen Feld, auf dem kaum etwas gedieh, durch die Asche und ohne Dünger einzubringen, ein fruchtbares Stück Land entstanden. Der anspruchslose Buchweizen lieferte die Grütze für gekochte Klöße und Pfannkuchen. Die Hauptnahrung von Vater und Söhnen.

Diedrich Garbaden war durch den Hausbau, das Torfstechen und die Fahrten nach Bremen mit dem Verkauf des Torfes so ausgelastet, dass er nicht dazu kam, sich nach einer neuen Frau umzusehen.

Natürlich war ihm der Sohn Georg eine große Hilfe, aber die Hauptlast der Arbeit lag auf seinen Schultern. Nur abends im Bett, bevor er einschlief, dachte er daran, dass ihm eine Frau fehlte. Auch als Arbeitskraft war eine Frau im Haus unverzichtbar. Aber er dachte auch an seinen 1787 geborenen Vater Claus. Der überlebte auf seinem Hof in Torfmoor zwei Ehefrauen. Die schwere entbehrungsreiche Arbeit neben mehreren Geburten hatte die beiden Frauen früh ins Grab gebracht.

Diedrich spürte auch sein Alter von 59 Jahren. Nachdem er von seinem Ältesten seit ihrem Streit nichts mehr gehört hatte, setzte er seine ganze Hoffnung auf seinen Sohn Georg. Und dann gab es noch den kleinen Johann. Er war sich sicher: Der würde seinen Weg machen. Auch wenn sein älterer Bruder den Hof weiterführen würde.

Besuche zwischen seiner Familie und den Verwandten

gab es kaum. Auch wenn es zwischen den Dörfern um Worpswede herum immer nur kurze Entfernungen mit beschwerlichen Wegen war, kosteten sie Zeit, die wegen der vielen Arbeit nicht vorhanden war.

Etwas intensiverer Kontakt bestand nur zur Nachbarin Wübbeke Tietjen, deren Kinder erwachsen waren. Sie mochte den kleinen Johann, der ihr seit seiner Geburt ans Herz gewachsen war, sehr gern. Besonders nach dem Tod seiner Mutter kümmerte sie sich liebevoll um ihn. Sie war eine propere, trotz ihres Alters noch sehr ansehnliche Frau. Als Witwe machte sie sich Hoffnungen die verstorbene Frau von Diedrich zu ersetzen. Sie verstand sich auf dem Hof, auf dem jetzt ihr ältester Sohn herrschte, nicht mit der Schwiegertochter. Ein Grund mehr, lieber heute als morgen den Hof zu wechseln. Das ließ sie Diedrich auch wissen. Er aber ging auf ihre deutlichen Signale nicht ein. Er rechnete immer damit, dass sein ältester Sohn Claus Hinrich einmal mit einer passenden Frau auftauchen würde und damit auf dem Hof wieder alles ins Lot käme.

Auch heute war Wübbeke Tiejen wieder gefordert. Die Sonne war noch nicht aufgegangen, als Diedrich und Georg den getrockneten Backtorf auf ihren Kumpwagen zu ihrem Kahn schafften.

Ziehend und schiebend ging es über den moorigen Grund zum in der Nähe verlaufenden Schiffgraben. Nachdem der Backtorf an Bord verstaut war, wurde ihr Kumpwagen auf der Ladung festgeschnürt. Der Reiseproviant – in Tüchern eingewickelte Buchweizenpfannkuchen – wurde in der winzigen Kajüte am Bug des Kahns untergebracht. In der

Kajüte befand sich neben der einfachen Schlafgelegenheit ein transportabler Ofen, der an kalten Tagen Wärme spendete. Bei länger dauernden Fahrten konnten sie darauf ein kleines Mahl zubereiten.

Der Torfverkauf sicherte ihren Lebensunterhalt. Es war höchste Zeit, diese Fahrt nach Bremen zu unternehmen, denn in Diedrichs Kasse war Ebbe und ein für den Verkauf bereit liegender Stapel Torfsoden war von der Sonne getrocknet. Auch der Wind schien heute günstig zu wehen.

Während Diedrich auf dem zum Schiffgraben parallel verlaufenden Treidelpfad den flachen Kahn Richtung Hamme zog, stand Georg an der Ruderpinne und achtete darauf, dass sie nicht an die Uferböschung stießen. Bei gutem Wetter kamen sie flott voran. Der Schiffgraben mündete nach einigen Kilometern in die Hamme. Diedrich sprang an Bord und gemeinsam setzten sie das einfache dunkle Segel. Da es inzwischen aufbrieste, passierten sie bald die Einmündung der Hamme in die Wümme.

Sie fuhren an Äckern und sattgrünen Wiesen, auf denen Pferde und Rinder grasten, vorbei. Störche stolzierten auf der Suche nach Fröschen an den Ufern des Flusses und mehrfach scheuchte ihr Kahn einen lauernden Reiher im Flachwasserbereich auf. Über den Wiesen vollführten Kiebitze ihre Taumelflüge. Ab und zu tauchte ein Gehöft auf. Im Vergleich zu den Moorhöfen wirkte es hochherrschaftlich.

„Wäre schön, wenn wir auch so einen Hof hätten", meinte Georg.

„Haben wir aber nicht", sagte sein Vater nur.

Sie fuhren durch das Blockland und erreichten den in den Bremer Stadtteil Findorff führenden Torfkanal. Bei guten Windverhältnissen war der an der Neukirchstraße liegende Torfhafen schnell erreicht.

Nach dem Anlegen eilten zwei Brockelweiber heran und halfen ihnen beim Umladen ihrer Backtorfsoden auf den Kumpwagen. Vater und Sohn beobachteten noch, wie die beiden Frauen den liegen gebliebenen Torfmull mit Schaufel und Uhle zusammenkehrten, um ihn später in Eimern nach Hause zu tragen.

Wie schon vor dem Verladen des Torfs im Teufelsmoor zog der Vater, während Georg den Wagen schob. Hier auf den mit Kopfsteinen gepflasterten Pferdestraßen lief der Kumpwagen deutlich leichter als auf den unwegsamen Pfaden im Moor. Um die Pferdegespanne auf den Straßen nicht zu behindern, ging es hart an den Saumsteinen der Bürgersteige entlang. Zuerst bedienten sie die Bewohner der Hemmstraße.

Bevor sie ihre Rufe ertönen ließen, kamen schon zwei Hausfrauen mit Körben aus ihren Häusern. Während Georg die Behältnisse mit Torf vollpackte, kassierte der Vater die entsprechende Summe für die verkaufte Menge. Der Handel wurde ohne viele Worte abgewickelt. Erst als sie weiterzogen ließ der Vater laut und deutlich den Ruf der Torfbauern ertönen:

„Backtorf, Backtorf, Backtorf."

Sie fuhren langsam, um den Frauen Gelegenheit zu geben, auch aus den hinteren Bereichen der Häuser rechtzeitig auf den Bürgersteig zu kommen.

Zuerst lief der Verkauf schleppend. Erst als ein auf der

Straße spielender Junge zu einem Haus lief und in die offene Tür hineinrief:

„Mudder, de Buern ut'n Düvelsmoor sind dor", wurde es besser.

Die Mutter des Jungen kam mit einem großen Korb heraus, den sie sich von Georg füllen ließ.

In der Admiralstraße kaufte eine Hausfrau zwei große Säcke voll Backtorf. Als das Geschäft abgewickelt war, forderte Diedrich seinen Sohn auf, das Ausrufen zu übernehmen.

Der zwölfjährige Georg, der sich noch nicht im Stimmbruch befand, ließ seine helle Knabenstimme erklingen:

„Backtorf, Backtorf, Backtorf."

Von da an lief das Geschäft noch besser.

Die Bremer brauchten den Backtorf ganzjährig, für die benötigte Hitze im Kochherd, und im Winter zum Beheizen der Öfen in den Stuben der Häuser.

In einigen Straßen kamen Vater und Sohn an den typischen Findorffer Bauten vorbei. Ein- bis Zweifamilienhäuser mit den separaten Kellereingängen. Der eingekaufte Torf konnte vom Bürgersteig gleich in den Keller getragen und dort gelagert werden.

Sie näherten sich dem Stadtteil Schwachhausen. In der Hohenlohestraße mit den großbürgerlich wirkenden Mehrfamilienhäusern machten sie Pause. Während sie sich an den Wagen lehnten, verzehrten sie die Buchweizenpfannkuchen.

Diedrich blickte auf die Fuhre Torf. Mehr als die Hälfte war verkauft. Er benötigte die Pause dringend. Es machte sich bemerkbar, dass er seit Kindheitstagen immer schwer gearbeitet hatte. Seine Gedanken schweiften zu seinem verschwundenen Sohn Claus Hinrich. Jetzt mit über 16 Jahren könnte er in die Rolle des Vaters hineinwachsen. Der zwölfjährige Georg war noch lange nicht soweit. Und noch viel länger würde es mit seinem Nachkömmling, dem vierjährigen Johann dauern. Als auch der letzte Krümel Buchweizenpfannkuchen verzehrt war, zogen sie weiter. In der Parkallee mit den eleganten Häusern am Bürgerpark verkauften sie den letzten Backtorf ihrer heutigen Fuhre. Am Torfhafen vertäute Diedrich den jetzt leeren Kumpwagen auf ihrem Kahn.

„Bevor wir zurückfahren trinken wir noch einen Schluck", meinte Diedrich und ging mit Georg auf die andere Seite des Hafenbeckens in die Neukirchstraße.

Sie war nur einseitig bebaut. Die offene Seite grenzte an den Torfhafen. Die Häuser beherbergten unzählige gastronomische Betriebe. In fast jedem Haus gab es eine einfache Kneipe, ein Kaffeehaus oder ein Restaurant. Sie alle lebten überwiegend von den im Torfhafen fest machenden Moorbauern oder von Fahrgästen, die anderweitig in der Worpsweder Gegend zu tun hatten und die Torfkähne gegen Bezahlung als Fährschiffe nutzten.

Diedrich blickte durch das Fenster eines Lokals. Er erkannte, dass es sich um einen gehobenen Betrieb handelte. Hanseatische Kaufleute saßen an weiß gedeckten Tischen. Torfbauern waren offensichtlich nicht unter den Gästen. Diedrich zog Georg ein paar Häuser weiter. Da waren sie richtig. An derben Holztischen saßen Männer in bäuerlicher Kleidung mit Holschen an den

Füßen. Auf den Tischen standen Bierkrüge, und einige der Männer aßen mitgebrachte Buchweizenklöße. Sie setzten sich an einen Ecktisch. Über ihnen an der Wand hing ein Schild:

„De Torfbuer hollt mehr op sien Schipp as op sin Fro."

Ein weiterer Beweis, dass es sich um ein Lokal der Moorbauern handelte.

Diedrich bestellte sich einen Krug Haake-Beck Lagerbier; für Georg gab es ein großes Glas Malzbier.

Die Gaststättentür öffnete sich und zwei Herren, an Kleidung und Auftreten als hanseatische Kaufleute zu erkennen, betraten das Lokal. Sie blickten sich um und einer sagte:

„Hier sind wir falsch. Das sind alles Leute aus dem Düvelsmoor."

Schnell verließen sie die Gaststätte wieder.

Nachdem Diedrich an einem Nebentisch noch kurz mit zwei anderen Torfbauern gesprochen und die kleine Zeche bezahlt hatte, verließen Vater und Sohn das Lokal.

Vor der Gaststätte hielt gerade ein Gespannwagen der Haake-Beck Brauerei. Die Kutscher hatten den beiden Pferden Futtersäcke umgehängt und machten sicher Pause in einer der Gaststätten an der Neukirchstraße. Eines der Pferde ließ gerade Wasser und ein gewaltiger Strom Urin lief den Rinnstein entlang.

Diedrich blickte zum Himmel und hielt einen angefeuchteten Finger in die Luft:

„Der Wind steht nicht günstig. Falls wir auf der engen Hamme nicht kreuzen können, müssen wir wriggen oder treideln."

„Oder staken", sagte Georg.

Sie stakten den letzten Teil der Rückfahrt. Ohne Fracht ging es auf der Hamme und dem Schiffgraben entlang deutlich leichter. Da es schon dunkelte, zündete Diedrich am Bug des Kahns eine Laterne an.

Anschließend erzählte er seinem Sohn etwas über die Geschichte der Wassergräben:

„Diese Schiffgräben wurden von der Generation deines Großvaters und ihren Kindern, also auch von mir, angelegt und später immer weiter ausgebaut. Es ging darum, das Moor zu entwässern und gleichzeitig schiffbare Wasserwege zu schaffen. Alles geschah nur mit Schaufel, Spaten und Schubkarre. Jeder musste mit anpacken. Wir sind gehalten, dafür zu sorgen, dass diese Kanäle schiffbar bleiben. Für unseren Teil müssen wir in nächster Zeit dafür sorgen, dass die Gräben nicht verkrauten und die Uferbefestigungen nicht absacken."

Es war schon stockdunkel als sie auf ihrem Hof eintrafen.

Wübbeke Tietjen kam ihnen entgegen: „Der kleine Johann schläft schon und die Tiere sind versorgt."

Diedrich bedankte sich bei der Nachbarin, betrat mit Georg sein Haus und war froh, dass er seine müden Knochen ausstrecken konnte.

DREI   CLAUS HINRICH 1885

Claus Hinrich war nicht zum Hollandgänger geworden. Er ging an Bord des Dampfschiffes „Elbe". Mit leichtem Handgepäck ging er die steile Gangway des Bremer Auswandererschiffes in Bremerhaven hinauf. Dunkler Rauch quoll aus den beiden Schornsteinen. Von einer nahe gelegenen Werft dröhnten die Schläge der Niethämmer und es roch nach Brackwasser und Teer.

Die in Glasgow gebaute „Elbe" war der erste Schnelldampfer des Norddeutschen Lloyd. Die Bremer Reederei fuhr die Strecke Bremerhaven – New York. In dem englischen Hafen Southampton sollte Zwischenstation gemacht werden, um weitere Fracht und Passagiere aufzunehmen.

Bevor Claus Hinrich die Treppen zum Zwischendeck hinunter dirigiert wurde, sah er noch, wie Güter mit dem Kranhaken in die Luken befördert wurden. Er wusste, dass die Stauer in den Laderäumen die Kisten vom Haken lösten. Er kannte sich mit dieser Arbeit und dem Inneren von Schiffen durch seine Arbeit in den bremischen Häfen gut aus.

Claus Hinrich war nach dem Zerwürfnis mit seinem Vater auf dem Kahn eines Moorbauern nach Bremen gefahren. Für die Hilfe beim Be- und Entladen wurde er von dem Mann kostenlos mitgenommen.

Im Bremer Überseehafen hatte er schnell Arbeit gefunden. Für die in bremischen Häfen einlaufenden neuen Dampfschiffe wurden Stauer und Lienensmieter gesucht. Zuerst liebäugelte er mit einer Tätigkeit bei der Bremer Pferdebahn. Aber als Kutscher war er zu jung und unerfahren. Stallburschen wurden gerade nicht gesucht. Von zweit- und drittgeborenen Bauernsöhnen aus der ländlichen Umgebung Bremens gab es immer genug Bewerber. In einer Schlafunterkunft für alleinstehende Männer bekam er von einem Bettnachbarn den Tipp von der Arbeit im Hafen. Das Be- und Entladen der Schiffe war eine körperlich harte Arbeit. An die war er als Sohn eines Moorbauern gewöhnt.

Seinen Traum von einer Tätigkeit mit Pferden hatte er aber nicht aufgegeben. Als ein Arbeitskollege in einer Pause etwas von Amerikaauswanderern und wilden Mustangs in der Prärie erzählte, wurde er hellhörig.

„Auswandern?", fragte er.

„Ja, ab Bremerhaven."

„Können wir uns sicher nicht leisten."

„Doch, andere haben es auch geschafft. Natürlich nicht in der I. Klasse im Liegestuhl auf dem Oberdeck. Aber als Passagier im Zwischendeck ohne jeden Komfort zu einem erschwinglichen Preis."

„Erschwinglichem Preis?"

„Na ja. Du musst eine Zeit lang sparsam leben und nach deinen normalen Schichten eine weitere Schicht ranhängen. Mit diesen Doppelschichten hast du das Geld für die Passage in die neue Welt in einem halben Jahr zusammen."

Es dauerte dann doch länger als ein halbes Jahr. Auf einige Biere mit Kollegen und gelegentlichen Besuchen im Bremer Rotlichtviertel wollte er nicht verzichten.

Im Alter von 18 Jahren war er fast ausgewachsen und durch die körperlich schwere Arbeit zu einem starken Mann geworden. Da er auch gut aussah und gewinnend auftreten konnte, gab es für ihn auch Mädchenbekanntschaften. Aber er ordnete jetzt alles seinem Traum von Amerika unter und ging außer einigen Techtelmechteln keine längere Beziehung ein.

Er erfuhr, dass die Überfahrt nach Amerika als Zwischendeckpassagier kein Zuckerschlecken sei. Die Kojen in den Zwischendecks seien üble Massenquartiere. Metallene Stockbetten mit einer Decke die Schlafstätte. Die nicht sehr opulenten Mahlzeiten mussten die Zwischendeckpassagiere in ihren Gemeinschafts-Schlafräumen einnehmen.

Während seiner Zeit im Hafen musste er häufig Baumwolle und andere Güter aus Amerika entladen, die in den Zwischendecks der Passagierdampfer gelagert waren. Ältere Arbeitskollegen erzählten, dass die Schiffe ursprünglich mit leeren Zwischendecks nach Amerika fuhren. Sperrige Güter darin unterzubringen war nicht möglich. Als die Auswandererwelle einsetzte, sahen die Reeder ein gutes Zusatzgeschäft und brachten in diesen Räumen anspruchslose Passagiere unter. Bei günstigen Passagegebühren mussten sie bereit sein, auf jeden Komfort zu verzichten.

Nach sieben Monaten harter Arbeit im Hafen konnte Claus Hinrich die Passage nach Amerika im Büro des

Norddeutschen Lloyd bezahlen. Einige Wochen benötigte er noch für die Abwicklung behördlicher Formalitäten für die Auswanderung. Dann endlich konnte er in Bremerhaven an Bord gehen. Er trug nur ein Bündel unter dem Arm. Hab und Gut besaß er nicht.

Als die „Elbe" ablegte, dauerte es nicht lange und die stürmische Biskaya ließ das Schiff, die Mannschaft und Passagiere ins Schlingern geraten. Einige Menschen mussten sich übergeben. Die halbverdauten Speisen der Passagiere aus der I. und II. Klasse bekamen an Deck die Möwen. Die magere Kost der Menschen aus dem Zwischendeck landete in den Kübeln ihrer engen Räumlichkeiten. Bald lag die Schlechtwetterzone hinter ihnen und der Steuermann hielt Kurs auf den englischen Hafen Southampton.
Claus Hinrich war nicht unter den 179 Passagieren der I. Klasse, nicht unter den 142 der II. Klasse, sondern inmitten der 796 Passagiere des Zwischendecks. Unter ihnen gab es nur noch den Gepäckraum. Zusammengepfercht mit 100 anderen Männern saß er auf seinem oberen metallenen Stockbett und musste aufpassen, dass er sich nicht den Kopf an der Decke stieß. Neben weiteren Räumen für Männer gab es Logis für Frauen und separate Räumlichkeiten für Familien. Alle lebten darin auf engstem Raum auf ihren Kojen.
Ein vollbärtiger Mann im Stockbett neben dem von Claus Hinrich stöhnte laut:
„Die Belüftung hier im Zwischendeck ist unter aller Sau. Wenn wir wenigstens mal oben an Deck frische Luft schnappen könnten, aber hier in dieser Miefbude wie ein-

gekerkt die ganze Fahrt nach Amerika über zu hocken, stehe ich nicht durch."

Von der gegenüber liegenden Seite ließ sich ein anderer Auswanderer aus:

„In genau solchen Zwischendecks, die es auch auf Segelschiffen schon gab, wurden Menschen aus Afrika nach Amerika verschifft, wo sie von den Baumwollfarmern aus den Südstaaten als Arbeitssklaven eingesetzt wurden. Wir haben es vergleichsweise noch gut. Die Sklaven waren während der ganzen Fahrt angekettet wie wilde Tiere. Da gab es viele Tote."

Claus Hinrichs Kojennachbar erzählte, dass er aus Russland käme.

„Aus Russland?", fragte der Mann von gegenüber. „Du siehst nicht aus wie die anderen Osteuropäer im Saal nebenan."

„Ich bin Russlanddeutscher", erklärte der Mann. „Unsere Vorväter wurden von Katharina der Zweiten, die gebürtige Preußin war, ins Land geholt. Die Neusiedler sollten die Landwirtschaft in Schwung bringen, waren aber bei der russischen Bevölkerung wegen ihrer Privilegien unbeliebt. Nach und nach wurden ihnen diese Vergünstigungen entzogen und vor einigen Jahren begann die Auswanderungswelle der Russlanddeutschen nach Amerika. Sie siedelten sich in Kansas an. Über 12.000 Landsleute von mir sollen dort jetzt leben. Die Regierung stellt Land für den Weizenanbau zur Verfügung. Wie Generationen vor uns in Russland sind wir als Spezialisten für den Getreideanbau gefragt. Ganz anders als die zauselbärtigen Osteuropäer im großen Saal nebenan.

Diese Einwanderer sind in Amerika nicht gern gesehen, da sie als nicht assimilierungswillig gelten."

Claus Hinrich kam ins Grübeln:

„Wenn es mit den Pferden und Rindern nicht klappt, kann ich immer noch Weizenfarmer in Kansas werden."

Die Diskussion der Männer wurde unterbrochen, weil zwei Stewards das Mittagessen in Kübeln brachten. Für jeden der Passagiere gab es eine Kelle Suppe in den Blechteller.

Nach dem Anlegen in Southampton gelang es Claus Hinrich, unter Umgehung der Vorschriften an Deck zu gelangen. Während seiner Tätigkeit beim Be- und Entladen von Schiffen hatte er gelernt, sich an Bord zurecht zu finden und sich mit den räumlichen Gegebenheiten an Bord vertraut zu machen.

Über die Reling gelehnt sah er die rußigen Rauchwolken, die jetzt von den Dampfschiffen aus aller Welt ausgestoßen wurden. Und er beobachtete, wie die Frachträume durch die Luken mit von ihm nicht zuzuordnenden Maschinenteilen beladen wurden.

Ein neben ihm stehender Mann, der seiner Kleidung nach nicht zu den Passagieren des Zwischendecks gehörte, klärte ihn auf:

„Das sind Teile englischer Dampftraktoren von McLaren für die amerikanische Landwirtschaft. Die Farmer ersetzen die schwarzen Arbeitssklaven schon länger durch Maschinen."

„Sie kennen sich gut aus", meinte Claus Hinrich.

„Eigentlich nicht. Ich bin Tierarzt. Schwerpunkt Pferdeheilkunde."

Claus Hinrich wurde wieder einmal hellhörig:

„Ach, da haben Sie mit den Mustangs in der Prärie zu tun?"

Der Tierarzt lächelte.

„Nein, ich bin von Buffalo Bills Wildwest Show engagiert worden.

Jetzt wurde Claus Hinrich nicht nur hellhörig, sondern hellwach:

„Ich bin Bauernsohn aus der Gegend von Worpswede und kenne mich mit Pferden aus. Diese Show mit Pferden wäre doch etwas für mich. Ich habe als Einwanderer noch keinen Job."

Der Tierarzt lächelte wieder über die Naivität des jungen Mannes.

„Du junger Kerl aus dem Düvelsmoor bist ja sehr optimistisch. Das gefällt mir. Nur wenn du gut reiten kannst und dir auch Stunts antrainierst, könnte es klappen."

Claus Hinrich, der nur auf den Arbeitspferden der Nachbarn im Moor gesessen hatte, sah eine Chance:

„Klar. Ich bin ein guter Reiter."

Sie mussten einige Schritte weitergehen, um Platz für zwei Decksmänner zu machen. Dabei bemerkte der Tierarzt, dass Claus Hinrich sein linkes Bein leicht nachzog. An einem seiner letzten Arbeitstage im Hafen war ihm ein gepresster Ballen Baumwolle gegen sein Knie geprallt.

„Was ist mit deinem Bein?", fragte der Tierarzt.

„Nichts Schlimmes. Eine leichte Prellung. Die ist in ein paar Tagen verschwunden."

„Lass dir bei der Einwanderung davon nichts anmerken. Du wirst sonst von den Behördenmitarbeitern sofort zurück geschickt. Die lassen nur kerngesunde Menschen einwandern. Ich kann ein Lied davon singen. Ich trage eine Augenprothese."

Nur durch ein genaues Hinsehen sah Claus Hinrich, dass mit dem linken Auge des Tierarztes etwas nicht stimmte.

„Eine Augenprothese?"

„Ja, mein linkes Auge ist aus Glas. Ein Bekannter von mir ist Bestatter. Er hat es mir von einem Verstorbenen nach der Beerdigungszeremonie besorgt. Als ich das künstliche Auge noch nicht besaß, habe ich meinen ersten Einwanderungsversuch gestartet. Mit der Bark „Columbia" bin ich in New York angekommen und sofort zurück geschickt worden.

Übrigens mein Name ist Marten Grotheer. Ich habe bisher auch die Pferde der Bauern im Blockland behandelt. Aber die Landwirte sind mir zu knauserig geworden. Deshalb starte ich jetzt für mich einen Neuanfang in Amerika."

Nachdem Claus Hinrich dem Tierarzt auch seinen Namen genannt hatte, mussten sie das Deck verlassen. Während des Ablegemanövers durften sich dort keine Passagiere aufhalten.

Marten Grotheer konnte ganz offiziell den Weg in die II. Klasse hinunter gehen, während Claus Hinrich auf den nur ihm bekannten Schleichwegen wieder in das Zwischendeck zurück musste.

Dabei stieß er neben der Tür zu einem Maschinenraum mit einer jungen Frau zusammen, die ihn nach dem Weg in die II. Klasse fragte.

„Ich habe mich verlaufen. Sie gehören doch zur Besatzung?"

Er schüttelte den Kopf: „Nein zur Besatzung gehöre ich nicht. Aber den Weg kann ich Ihnen zeigen."

Mit ihrer guten Figur, den langen dunklen Haaren und dem offenen, hübschen Gesicht wirkte sie auf Claus Hinrich sehr attraktiv. Er war hingerissen.

Während er sie zu ihrem Ziel führte, nannte er seinen Namen, und sie stellte sich als Beke Runge vor.

Unmittelbar vor den Räumlichkeiten der II. Klasse musste er sich verabschieden, um nicht als Zwischendeckpassagier erkannt zu werden. Kurz entschlossen ging er aufs Ganze:

„Ich würde Sie gerne wiedersehen. Habe ich eine Chance?"

Beke Runge war nicht abgeneigt, aber zierte sich:

„Ich weiß nicht, meine Eltern."

Sie ließ offen, was mit ihren Eltern war, aber fragte:

„Wann und wo?"

Damit ergab sich ein Problem für Claus Hinrich. Er durfte nicht in die II. Klasse des Schiffes, und sie in das Zwischendeck einzuladen, war ganz unmöglich.

Auf die Schnelle fiel ihm nichts besseres ein:

„Genau dort, wo wir uns eben getroffen haben. Neben der Tür zum Maschinenraum. Morgen um die gleiche Zeit?"

Beke Runge blickte auf ihre Uhr, die an einer feinen Kette um ihren schlanken Hals hing.

„Gut um elf Uhr."

Claus Hinrich besaß keine Uhr. Aber er würde es trotzdem pünktlich schaffen.

„Also dann bis morgen", sagte Beke Runge und verschwand um die Ecke in den Gang zur II. Klasse.

„Du kennst jetzt den Weg zum Maschinenraum?", rief er noch hinterher.

„Jaa", kam es lang gedehnt zurück.

Im Zwischendeck musste er zu seinem Logis durch einen Saal, in dem ihn beißender Knoblauch- und Zwiebelgeruch empfing. Er blickte sich um und sah sich die Menschen an. Es waren offensichtlich osteuropäische Juden, die sich reichlich Gemüse als Reiseproviant mitgenommen hatten. Ihm war bekannt, dass auch in Osteuropa die Judenfeindlichkeit und der Antisemitismus stark zunahmen. Deshalb machten sich diese Menschen auf den Weg in der Hoffnung auf ein besseres Leben in der Neuen Welt.

Claus Hinrich verbrachte eine unruhige Nacht. Nicht wegen der vielen Geräusche der Menschen in den Betten neben und unter ihm. An ihr Husten, Stöhnen und Schnarchen hatte er sich inzwischen gewöhnt. Nein, er dachte an sein Treffen mit Beke Runge. Nachdem er endlich eingeschlafen war, erschien sie ihm in seinen Träumen.

Am nächsten Tag fragte er den Steward, der das Frühstück – zwei Scheiben Brot und Marmelade – brachte, nach der Uhrzeit.

„Halb zehn", war die Antwort.

Eineinhalb Stunden noch bis zu seinem Treffen mit Beke Runge. Er machte sich Gedanken darüber, ob sie ihn als Auswanderer aus dem Zwischendeck erkannt hatte. Und wenn schon, dachte er. Wenn sie kommt, ist es ihr egal. Dünkelhaft schien sie ihm nicht zu sein.

Kurz bevor er zum vereinbarten Treffpunkt neben den Maschinenraum ging, prüfte er, ob der Weg auf das Oberdeck frei von Besatzungsmitgliedern war. Sie würden ihn sofort in das Zwischendeck zurück schicken. Sein Erscheinungsbild war nicht das eines Passagiers der II. Klasse und schon gar nicht eines der I. Klasse. Die Luft schien rein zu sein.

Überpünktlich stand er neben der Tür zum Maschinenraum. Unruhig betrachtete er die an der Tür angebrachte metallene Tafel mit den technischen Einzelheiten des Schnelldampfers „Else". Der Text war in erhabenen Buchstaben Teil des Schildes: Bauwerft John Elder & Co, Glasgow. Baujahr 1881. Länge 127,46 Meter. Breite 13,72 Meter. Bruttoraumgehalt 4510 Brutto-Registertonnen.

Claus Hinrich las die Zeilen, war aber zu nervös um die Zahlen richtig zu erfassen.

Plötzlich stand sie neben ihm. Während Beke am Vortag leicht elegant angezogen war, erschien sie heute in burschikoser Kleidung. Ein grobmaschiger grauer Pullover, einfacher Rock und derbe flache Schuhe. Die langen Haare waren zu einem Dutt frisiert. Das alles machte sie für ihn noch anziehender.

„Gehen wir auf das Oberdeck?", fragte er.

„Wenn du das darfst?", meldete sie Bedenken an.

Damit war für ihn klar, dass Beke in ihm den Auswanderer aus dem Zwischendeck erkannt hatte.

Unbehelligt gelangten sie nach oben. Sie lehnten sich auf dem Achterdeck über die Reling und blickten auf das von der Schiffsschraube aufgewirbelte Wasser.

Der Schnelldampfer „Elbe" fuhr nach der Zwischenstation in Southampton jetzt mit voller Maschinenkraft in Richtung New York.

Claus Hinrich erzählte ihr in kurzen Sätzen seine bisher ereignislose Lebensgeschichte und seine Vorliebe für Pferde.

„Vielleicht finde ich bei einem Rancher Arbeit und irgendwann habe ich meinen eigenen Hof. Hier auf dem Schiff habe ich einen Mann kennen gelernt, der als Tierarzt zu einer Wildwest Show geht.

Beke kannte das Unternehmen:

„Buffalo Bills Wild West Show. In Amerika sehr populär. Ich habe gelesen, dass die Gruppe auch eine Europatour plant. Das wäre doch etwas für dich."

„Reiten kann ich. Aber Kunststücke auf dem Pferd ausführen?"

Sie machte ihm Mut: „Ich bin sicher, dass du das als Kerl aus dem Düvelsmoor schaffst. Du bist doch noch jung."

Das hörte er gern.

Beke erzählte ihm, dass ihr Vater im Baumwollgeschäft tätig sei.

„Er kauft von amerikanischen Baumwollfarmern die Rohbaumwolle und verkauft sie in Ballen gepresst über die Bremer Baumwollbörse an die Spinnereien. Die Einfuhr erfolgt überwiegend über Bremen, wo wir auch wohnen."

„In welchem Stadtteil?"

„In Schwachhausen."

„Da haben wir unseren Torf auch verkauft. Vielleicht habe ich deiner Mutter schon einmal den Korb mit Backtorf gefüllt."

Beke lachte.

„Gut möglich. Aber nicht meiner Mutter, sondern unserer Haushälterin."

Beke blickte auf ihre Uhr, die wieder an der feinen Kette um ihren Hals hing.

Ich muss zurück zu meiner Familie, sonst macht sich meine Mutter Sorgen um ihre einzige Tochter."

„Schade, sehen wir uns wieder?"

„Ja. Aber morgen geht es nicht. Mein Vater ist zum Diner mit einem amerikanischen Geschäftspartner verabredet und ich soll dabei sein. Irgendwann soll ich in das Geschäft hineinwachsen. Übermorgen könnten wir uns sehen."

Nachdem sie sich noch einige Male jeweils um elf Uhr getroffen hatten, machte Beke einen Tag vor der Ankunft in New York einen Vorschlag:

„Kennst du das Meer, den Himmel und die grenzenlose Weite bei Dunkelheit?"

„Nein!"

„Dann sollten wir uns heute Nacht auf dem Oberdeck treffen. Wie findest du das?"

„Ganz prima. Aber was ist mit deinen Eltern?", fragte Claus Hinrich, der sich über diesen Vorschlag natürlich freute.

„Ich habe meine eigene Kabine neben der meiner Eltern. Die beiden haben einen gesunden Schlaf."

Er wurde immer begeisterter von dieser selbstbewussten jungen Frau.

„Wieder um elf Uhr, aber diesmal nicht am Vormittag sondern in der Nacht?", fragte sie.

„Sehr schön aber wenn alle Welt schläft, kann ich niemanden nach der Uhrzeit fragen."

Beke nestelte ihre Uhr an der Kette von ihrem Hals und reichte sie ihm:

„Hier nimm. Ich habe einen Wecker in meiner Kabine."

Der Himmel war sternenklar, als sie sich in der Nacht auf dem Oberdeck trafen. Sie küssten sich und machten Pläne für eine gemeinsame Zukunft.

Als Claus Hinrich nach drei Stunden im Morgengrauen kurz vor dem Betreten seines Schlafsaals einfiel, dass er vergessen hatte, Beke die Uhr zurückzugeben, war er einen Moment unachtsam und wurde von einem Besatzungsmitglied erwischt.

Barsch wurde er von dem Mann darauf hingewiesen, dass er außerhalb der Schlafsäle nichts zu suchen hätte. Im Wiederholungsfall müsse er mit harten Konsequenzen rechnen.

Innerlich lachte er. Was sollten das für Konsequenzen sein? Morgen um elf würde er sich zum letzten Treffen mit Beke vor der Ankunft in New York auf das Oberdeck schleichen und mit ihr besprechen, wie es mit ihnen weiter gehen sollte.

Am nächsten Tag gab es eine böse Überraschung für Claus Hinrich. Mit dem Treffen um elf Uhr wurde es nichts. Besatzungsmitglieder forderten die Zwischendeckpassagiere auf, sich für die Ausschiffung bereit zu halten. Die „Else" habe für die Überfahrt bei guten Wetterverhältnissen und ruhiger See gute Fahrt machen können, einige Stunden eingespart und würde jetzt entsprechend früher in New York eintreffen.

Zuerst die Passagiere der I. und II. Klasse hieß es, um ein geordnetes Verlassen des Schiffes zu gewährleisten. Das Zwischendeck mit den Auswanderern wurde von Besatzungsmitgliedern hermetisch abgeriegelt, um ein Chaos zu verhindern.

Für Claus Hinrich gab es keine Möglichkeit, Kontakt mit Beke aufzunehmen. Er hatte keine Chance mehr, aus dem überfüllten, stinkenden und inzwischen total vermüllten Zwischendeck herauszukommen. Er tröstete sich mit der Hoffnung auf ein Wiedersehen nach der bevorstehenden Ausschiffung.

Laute Schiffshörner kündigten die Ankunft in New York an. Auch die Passagiere im Zwischendeck hörten, dass sie am Ziel ihrer Träume angekommen waren. Bald waren auch die Geräusche und lauten Kommandos beim Anlegevorgang zu hören.

Aber es dauerte und dauerte, bis die Kabinen der I. und der II. Klasse geräumt waren. Erst dann machte die Schiffsbesatzung die Gänge für die Auswanderer frei. Mit Sack und Pack wurden sie von Bord in eine Halle der Einwanderungsbehörde geleitet.

Claus Hinrich bemühte sich, bei der Abwicklung und der Prüfung seiner Papiere aufrecht zu stehen und seine Schritte in der Menschenmenge ohne das Nachziehen seines geprellten Knies zu gehen. Es fiel ihm nicht schwer. Die Schmerzen waren fast verschwunden.

Als er aus der Halle trat, blickte er sich um. Die Passagiere der I. und II. Klasse waren längst abgefertigt und durch die Straßen New Yorks in alle Winde davon. Er nahm Bekes Uhr aus seiner Hosentasche und blickte versonnen auf die Zeit. Er bemerkte, dass doch noch eine kleine Gruppe von Menschen, die offensichtlich keine Passagiere aus dem Zwischendeck waren, in der Nähe stand. Etwas wie Hoffnung keimte in ihm auf. Er ging näher. Beke war nicht dabei! Aber der Tierarzt Marten Grotheer, der ihn erkannte und auf ihn zukam. Er griff in seine Jackentasche, holte einen Zettel hervor und übergab ihn Claus Hinrich.

„Ich habe für dich die Kontaktadresse von Bill Cody aufgeschrieben. Wenn es mit dem Job des Cowboys auf einer Ranch nichts wird, klappt es vielleicht bei der Wildwest Show. Meine Adresse steht auch drauf. Wie ich sehe, ist dein Bein wieder okay. Mein Glasauge ist auch nicht als Prothese erkannt worden."

Marten Grotheer reichte Claus Hinrich die Hand:

„Mach's gut und pass im Wilden Westen auf dich auf."

VIER   JOHANN 1892 - 1906

Der 13-jährige Johann hielt die Zügel locker und ließ den Rappen die Weyerdeelener Straße in Worpswede traben. Von seinem Kutschbock sah er über die flache hügellose Moorlandschaft, die nur von der Erhebung des Weyerbergs unterbrochen wurde. Er fuhr weiter auf der langgestreckten Straße und sah über der Hammeniederung in der Ferne die dunklen Segel der Torfkähne auf der Hamme. Eine Flotte von Moorbauern fuhr mit ihrer Fracht Backtorf Richtung Bremen. Irgendwann würde die Hansestadt auch sein Ziel sein; da war er sich sicher. Jetzt war er auf dem Weg zu einem Müllplatz, auf dem er seine Fuhre abladen musste.

Bis zum Alter von zehn Jahren verbrachte Johann eine unbeschwerte Kindheit auf dem Moorhof seines Vaters. Er durfte Fahrten auf dem Torfkahn mit seinem Vater und dem Bruder Georg nach Bremen machen. Auf dem Hof half er mit, die Schafe, Ziegen und die inzwischen auf vier Milchkühe angewachsene Rinderherde zu versorgen. Auch auf den Äckern mit Buchweizen- und Roggenanbau durfte er bei der Aussaat und Ernte helfen.

Als erstes Kind seiner Generation besuchte er regelmäßig die Schule in Worpswede. Mit Klassenkameraden ging er an den Ufern der Hamme auf Entdeckungstour und wurde dabei auch ein begeisterter Schwimmer. In der

Hammeniederung beobachteten sie Brachvögel, Rohrweihen und Bekassine. So entwickelte er sich zu einem Tierfreund.

Sein Vater Diedrich baute körperlich zunehmend ab. Sein Alter machte sich stark bemerkbar. Sorge machte dem Vater auch die Entwicklung seines jetzt 21jährigen Sohnes Georg. Sein Zweitgeborener war, obwohl er auf dem Hof bei allen Arbeiten mit anpackte, inzwischen zu einem Träumer geworden. Wenn er die Rinder von der Weide holen sollte, vertrödelte er Stunden damit, am Ufer der Hamme zu sitzen und aufs Wasser zu schauen. Oft leistete ihm dabei eine Flasche Kornbranntwein Gesellschaft. Johann bemerkte es schon länger. Er erzählte es aber dem Vater nicht.

Georg verbrachte auch viel Zeit bei den Malern, die sich in Worpswede angesiedelt hatten. Er sah ihnen zu, wenn sie mit ihrer Staffelei im Freien arbeiteten. Er beobachtete, wie sie die Birken, den Himmel, die Höfe und die Menschen malten. Einmal musste er von Johann heimgeholt werden, weil er einem Maler am Ufer der Hamme zusah und dabei die Zeit vergaß. Die Milchkühe mussten in den Stall geholt und gemolken werden.

Als Johann seinen Bruder zum Mitkommen aufforderte, sprach der Maler Johann an:

„Moment, mein Junge. Stelle dich doch mal etwas näher ans Ufer mit dem Rücken zu Hamme."

Johann musste einen Auftrag ausführen und sträubte sich:

„Ich habe keine Zeit. Mein Bruder soll mitkommen. Die Kühe müssen gemolken werden."

Der Maler legte Johann eine Hand auf die Schulter: „Nur einen Moment. Ich mache nur eine Skizze. Es dauert nicht lange."

Widerwillig stellte Johann sich in die gewünschte Position.

Der Künstler war ein großer, kräftiger Mann mit schütterem Haar, dunklem Vollbart und Nickelbrille. Er legte einen Bogen Papier auf seine Staffelei und Johann konnte an seinen Armbewegungen erkennen, dass der Mann mit kräftigen Strichen skizzierte. Es dauerte wirklich nicht lange. Der Maler bedankte sich bei Johann, und die Brüder eilten zur Weide mit den Rindern.

Wenn Johann auf seinem Kutschbock saß, dachte er auch an seinen Bruder Claus Hinrich, der jetzt 25 Jahre alt sein musste. Seine Erinnerung an ihn war nur schwach. Sein großer Bruder verließ den Hof mit 16 Jahren, da war er selbst erst vier Jahre alt.

Nur ganz selten wurde in der Familie über Claus Hinrich gesprochen. Ein Lebenszeichen von ihm war die ganzen Jahre nicht gekommen. Auch das setzte dem Vater zu. Als dann auch Georg sich nicht so entwickelte, wie er es sich wünschte, verschlechterte sich der Zustand des Vaters zusehends.

Johann hörte einmal wie Wübbeke Tietjen mit seinem Vater über die älteren Brüder sprach:

„Das liegt alles nur daran, weil eine Frau auf dem Hof fehlt."

Im Alter von vierzehn Jahren wurde Johann Garbaden Vollweise. Seine Mutter Anna Catharina war schon im

Jahre 1891 im Alter von 46 Jahren verstorben. Drei Söhne, deren Erziehung in ihrer Hand lagen, Haus und Hof in Ordnung halten, die Versorgung der Haustiere, die Bestellung des großen Gemüsegartens hinter dem Haus sowie ihre Hilfe bei der schweren Arbeit des Torfstechens hatten ihrer Gesundheit schwer zugesetzt.

Und jetzt im Jahre 1893 war sein Vater im Alter von 73 Jahren verstorben. Die Nachbarin Wübbeke Tietjen war kurz vorher hochbetagt auch verstorben. Bis zuletzt hatte sie sich aufopferungsvoll um Johann gekümmert. Sein 21jähriger Bruder Georg war nicht in der Lage, den Vater zu ersetzen. Er gab sich nur noch seinen Träumen hin. Johann war jetzt auf sich gestellt.

Leute vom Amt kamen auf den Hof. Sie begutachteten das Haus, die Stallungen, die Äcker und den Torfstich, wobei sie sich eifrig Notizen machten. Die Kladde, in der ihr Vater seine Einnahmen bei Torfverkäufen und die Ausgaben für Saatgut und andere Dinge immer notierte nahmen sie mit. Georg informierten sie darüber, dass sie in einigen Tagen wiederkämen.

Als Johann aus der Schule kam, fragte er seinen Bruder wie es weiterginge.

„Du weißt doch, dass durch die Maifröste und Hagelschauer die gesamte Buchweizenernte des letzten Jahres vernichtet wurde. Ohne Einnahmen konnte unser Vater seinen finanziellen Verpflichtungen nicht nachkommen. Und der Kredit für das Saatgut ist auch noch nicht bezahlt", sagte Georg.

Dann murmelte der Bruder noch etwas von „Zwangsversteigerung" und verzog sich in seine Butze.

Johann konnte mit dem Wort nichts anfangen und ging in den Hühnerstall um frisch gelegte Eier für den Mittagstisch zu holen.

„Was machen wir mit euch?", fragte der Mann vom Amt, der zusammen mit dem Geestbauern Gevert Schnaars einige Wochen später auf dem Hof erschien.

„Mit mir macht ihr gar nichts", sagte Georg. „Ich bin volljährig und werde genau wie mein Bruder auch als Hollandgänger in die Niederlande gehen."

Jetzt schaltete sich Gevert Schnaars ein. Dem Geestbauern, einem dickwanstigen Mann mit geröteter Knollennase, war anzumerken, dass er es gewohnt war Befehle zu erteilen.

Die Daumen unter seine Hosenträger geschoben stand er breitbeinig vor Johann und blickte ihn an:

„Ich bin jetzt der Besitzer des Hofes. Du wirst Jungknecht bei meinem Sohn. Du kennst doch nichts anderes."

Dabei zeigte sein Gesicht einen Zug von Geringschätzigkeit.

Während Johann sprachlos diese Nachricht vernahm, wandte sich Gevert Schnaars an den Mann vom Mooramt:

„Wenn ich demnächst aufs Altenteil gehe, übernimmt mein Ältester den Geesthof. Diesen Moorhof habe ich für meinen Zweitältesten gekauft. Er ist etwas aus der Art geschlagen. Hier im Düvelsmoor könnte er mal lernen was richtige Arbeit ist."

Johann wusste, dass Lür ein Taugenichts war. Sein Sinn stand ihm nur danach, den Mädchen nachzustellen. Von Arbeit hielt er nicht viel. Bei Schützenfesten, Feuerwehrbällen und Erntedankfesten wurde er schon mehrfach mit seiner Eroberung von den Bauern mit der Mistgabel aus dem Heuschober gejagt. Bei den Mädchen handelte es sich um unbedarfte Mägde.

Gevert Schnaars war auch schon einmal mit einer Magd seines Nachbarn auf seinem Einspänner zu einer Engelmacherin nach Bremen gefahren. Der Begriff Engelmacherin war Johann nicht geläufig, aber es wurde darüber gesprochen, dass Schnaars diese Fahrt machte „um die Sache zu bereinigen".

„Eine Magd als Schwiegertochter mit ihrem Balg ist auf meinem Hof nicht willkommen", soll er an seinem Stammtisch öfter gesagt haben.

Johann ahnte Böses. „Für diesen Mann und seinen Sohn soll ich die ganze Arbeit machen?"

Jetzt schaltete sich der Mann vom Mooramt ein: „Nun mal langsam, Gevert Schnaars. Wir haben mit dem Johann etwas anderes vor. Er ist doch ein kräftiger junger Bursche. Der alte Hinnerk schafft es nicht mehr mit der Leerung der Ascheneimer. Den Posten könnte Johann übernehmen. Dann fällt er dem Armenhaus und damit der Gemeinde nicht zur Last. Und wir haben ein personelles Problem gelöst."

Der Mann blickte Johann an: „Ein Pferdegespann kannst du doch führen?"

Johann schwirrte der Kopf. Jungknecht bei dem Sohn des Geestbauern? Gespannführer?

Die Schule würde er jedenfalls verlassen müssen und für seinen Lebensunterhalt selbst sorgen, das wurde ihm klar. Das Armenhaus wäre ja auch keine Lösung.

„Ja, kann ich", quetschte er hervor.

„Gut, Johann", sagte der Mann vom Amt. „Dann wirst du jetzt Kutscher für die Gemeinde."

Georg war wie sein Bruder Claus Hinrich ohne große Verabschiedung verschwunden, und Johann war nach dem Ausscheiden seines Vorgängers und einer kurzen Einarbeitung für die Aschenabfuhr Worpswedes und der umliegenden Moordörfer zuständig. In seinen Ausweispapieren war ganz offiziell die Berufsbezeichnung „Kutscher" eingetragen.

Auf seinen Touren waren ihm Gerüchte zu Ohren gekommen, in denen von Mauscheleien zwischen Gevert Schnaars und den Amtsleuten gesprochen wurde. Auf Bierabenden der Freiwilligen Feuerwehr und des Schützenvereins, in denen Geestbauern und Behördenmitarbeiter zusammen saßen, sei die Übernahme des Hofes durch Kungelei zustande gekommen. Großspurig soll Gevert Schnaars schon vor längerer Zeit bei Bier und Weizenkorn verkündet haben:

„Der marode Moorhof von Diedrich Garbaden wird bald mir gehören."

All zu viele Gedanken über diese Gerüchte konnte Johann sich nicht machen. Seine harte Arbeit ließ das nicht zu.

Mit dem Einspänner auf Tour anhalten, die Ascheneimer auf seiner Ladefläche entleeren, wieder anfahren bis zum nächsten Halt und so weiter. Mit dem vollen Wagen zum Entsorgungsplatz und anschließend im Stall den Rappen trocken reiben, die Tränke mit frischem Wasser füllen, Futter in die Raufe geben, frische Streu einbringen, das lederne Zaumzeug in Ordnung halten und täglich den Wagen waschen. Das Heranschaffen des Futters und das Ausmisten des Stalls gehörten auch dazu. Beim Futter für den Rappen war er immer sehr großzügig und gab ihm oft eine Portion Hafer. Das Tier musste genau wie er schwere Arbeit leisten. Neben diesen Aufgaben verlangte das Amt eine Buchführung über die abgefahrenen Mengen.

Bevor er den Stall verließ, füllte er noch etwas Futter in den Napf der Katze, die das Futterlager des Rappen mäusefrei hielt.

Abends war er froh in seine Stube, die ihm im Haus einer Witwe im Ortsteil Teufelsmoor sehr preiswert angeboten worden war, zurückkehren zu können.

Oft empfing ihn dann Hille, die Tochter der Witwe. Eine hübsche, etwas dralle Deern, die es nicht verbarg, dass sie in ihn verliebt war.

Manchmal brachte sie Johann nach seiner Tagestour einen Teller mit Buchweizenklößen auf seine Stube. Er saß dann an dem kleinen Tisch mit dem einzigen Stuhl, während sie sich auf seinem Bett räkelte und ihn verliebt ansah.

Auf seiner Route in Worpswede kippte er auch an der dort ansässigen Kunsthandlung die vor die Tür gestellte Asche auf sein Fuhrwerk. Bevor er wieder auf den Bock stieg, warf er einen Blick in das Schaufenster der Galerie. Ein hochformatiges Bild ließ ihn innehalten. Es war nicht wie der Blick in einen Spiegel, aber es war unverkennbar: Er selbst war es auf dem ausgestellten Ölbild.

Johann ging näher an die Scheibe, um den Text unter dem Bild lesen zu können.

„Moorbauernjunge an der Hamme", stand auf dem schmalen Schild. Auch die Signatur war auf dem Bild deutlich zu lesen: „Otto Modersohn".

Johann betrat den Laden. Die Kunsthändlerin stand mit einem Kunden vor einem Bild und erläuterte:

„Dieser Himmel im Zusammenspiel mit der Weite des Landes in der geheimnisvoll anmutenden Moorlandschaft haben Mackensen, Modersohn und die anderen Maler an Worpswede und dem Teufelsmoor begeistert."

Als sie Johann bemerkte, drehte die Kunsthändlerin sich um:

„Na Johann, gab es Probleme mit meinen zerbrochenen Bilderrahmen im Ascheneimer?"

„Nein, nein", beeilte sich Johann zu sagen. „Der Junge im Fenster bin ich."

Die Kunsthändlerin blickte ihn genauer an.

„Ja, natürlich. Auf der Arbeit von Otto Modersohn das bist du."

Während sich der Kunde weitere Bilder ansah, fragte die Frau:

„Hat der Otto dir ein Trinkgeld für das Modellstehen gegeben?"

„Nein, das war nicht nötig. Es dauerte nicht lange."

„Trotzdem, ich werde Otto darauf ansprechen. Auf deiner nächsten Tour kannst du bei ihm reinschauen. Du weißt doch wo er wohnt?"

„Ja, immer Mittwochs ist seine Straße dran."

„Gut", sagte die Galeristin und wandte sich wieder ihrem Kunden zu.

Am nächsten Mittwoch zögerte Johann, als er vor dem Atelier von Otto Modersohn hielt. Der Ascheneimer des Malers war fast leer. Nur einige zerquetschte Farbtuben und eine zerbrochene Palette lagen darin.

Johann saß schon wieder auf seinem Bock, als der Maler aus der Tür seines Hauses trat und ihn in sein Atelier herein rief:

„Du sollst noch ein Dankeschön bekommen. Die Kunsthändlerin hat mir von dir erzählt", sagte er und kramte zwischen einem Stapel Skizzen, während Johann sich in der Künstlerwerkstatt umsah.

Mitten im Raum stand eine Staffelei. Johann erkannte auf dem darauf stehenden Bild eine Birkenallee, deren Häuser er auch anfahren musste. An den Wänden lehnten Rahmen, eine weitere Staffelei und allerlei Krimskrams, den Johann nicht zuordnen konnte. Das Atelier wurde von einem Fenster beherrscht, das vom Boden bis zur Decke reichte.

Otto Modersohn unterbrach ihn beim Betrachten des Raumes:

„Sieh hier, die Skizze war damals die Vorlage für mein Bild."

Otto Modersohn blickte von der Skizze auf Johann:

„Du hast dich kaum verändert. Nur älter bist du inzwischen natürlich geworden. Was gebe ich dir für das Modellstehen?"

Otto Modersohn zog seine Stirn in Falten.

„Ach, weißt du was? Ich gebe dir die Skizze als Dankeschön. Für das fertige Bild in der Kunsthandlung bekomme ich sicherlich einen guten Preis. Bist du einverstanden?"

Natürlich war Johann mit dem Angebot des Malers einverstanden. Er bedankte sich und verstaute die Skizze vorsichtig in der zu öffnenden Sitzbank auf seinem Fuhrwerk.

Hille kam abends mit einem Teller Buchweizengrütze in seine Stube. Nachdem der Teller leer gegessen war, zeigte er ihr die Skizze.

Hille war begeistert:

„Hier über dem Bett wäre ein guter Platz dafür!"

Sie zog Johann auf das Bett um ihm die passende Stelle zu zeigen. Und sie zeigte ihm noch viel mehr.

Erst sehr viel später befestigte er die leicht zerknitterte Arbeit von Otto Modersohn mit zwei Reißzwecken an der Wand.

FÜNF   CLAUS HINRICH 1890

Claus Hinrich war bei der Geburt seines ersten Kindes nicht dabei. Er absolvierte gerade eine Trainingseinheit mit seinem Schimmel Cloud. Das Pferd besaß beste Anlagen, um in Buffalo Bills Wildwestshow eingesetzt zu werden. Es war nur noch etwas störrisch.

Nachdem er das Tier trocken gerieben und im Gatter freigelassen hatte, beeilte er sich, in sein Blockhaus zu kommen. Es war eine der Hütten, die im Trainingscamp für alle Mitglieder der Wildwestshow zur Verfügung standen. Strahlend hielt ihm seine Frau Talutah das Neugeborene entgegen. Am Bett stand Nahimana, die bei der Geburt dabei gewesen war.

„Er ist etwas früher als erwartet gekommen. Ein Junge!", sagte die glückliche Talutah.

Claus Hinrich beugte sich über das Kind und konnte seine Freude auch nicht verbergen.

„Mato", sagte Nahimana.

Claus Hinrich blickte seine Frau an.

„Was sagt sie?"

„Bei uns Sioux heißt der Bär Mato. Unser Sohn ist doch schon ein Bär. Sicher wiegt er über vier Kilo. Mato wäre ein passender Name für ihn."

„Ich dachte eher an John. In Erinnerung an meinen jüngsten Bruder Johann, den ich nur noch als kleinen Jungen in Erinnerung habe."

„Warum nicht zwei Vornamen; Mato John. Ihr Weißen, wie auch du, habt doch alle zwei Vornamen."

Claus Hinrich musste Talutah Recht geben und war einverstanden.

Vor einigen Jahren, nach seiner Ankunft in New York war er mit Hilfe des Tierarztes Marten Grotheer und einiger Fernschreiben von William Frederick Cody, der als Buffalo Bill in seiner Wildwestshow auftrat, ins Trainingslager im Bundesstaat Indiana eingeladen worden.

Bei seiner Ankunft war er gleich vom Anblick, der sich ihm bot, total überwältigt.

Hunderte als Cowboys eingekleidete Weiße, Indianer und Mexikaner sah er auf dem riesigen Gelände des Camps. Daneben tummelten sich auf Weideflächen Herden von Büffeln, Pferden und auch exotischen Vierbeinern, die er noch nie gesehen hatte. Für den Transport während der Tournee standen 15 Eisenbahnwaggons für die Menschen und eine noch größere Anzahl von Güterwagen für die Tiere und die Requisiten der Show auf den Gleisen.

Es dauerte sehr lange, bis er zu Bill Cody vorgelassen wurde.

Claus Hinrich stand einem imposanten Mann gegenüber. William Cody war groß und kräftig gebaut. Das lange, gescheitelte Haupthaar fiel ihm locker auf die breiten Schultern. Das energisch wirkende Gesicht wurde von üppigem Bartwuchs beherrscht.

William Frederick Cody, genannt Buffalo Bill

Der Kinnbart und der hoch gezwirbelte Schnurrbart verliehen ihm ein kühnes Aussehen.

Bill Codys Kleidung war aus Wildleder gefertigt. Hemd, Jacke und Hose waren mit langen, farbigen Fransen verziert.

Die Bedenken wegen Claus Hinrichs kaum vorhandener Englischkenntnisse wurden schnell zerstreut. In Codys Blockhaus, in dem sich die Kommandozentrale der Show befand, wurde er von einer jungen Frau empfangen, die unschwer als Indianerin zu erkennen war.

Die langen blauschwarzen Haare trug sie offen und hohe Wangenknochen in einem ebenmäßigen Gesicht ließen sie äußerst attraktiv erscheinen.

Claus Hinrich staunte über das perfekte Deutsch der Frau. Sie übersetzte in dem Gespräch mit dem Chef der Show, der sehr in Eile zu sein schien.

Während sie auf roh gezimmerten Stühlen saßen, machte Bill Cody es kurz:

„Also, Reiten ist für dich kein Problem. Vom Pferd aus mit Platzpatronen auf Indianer, Mexikaner und Büffel zu schießen dürfte dir nicht schwerfallen. Einige Stunts dabei solltest du schon beherrschen. Und sieh zu, dass du auch schnell Englisch lernst. In meinen Shows sollst du zwar keine Vorträge halten, sondern nur reiten und schießen. Meine Regieanweisungen musst du aber verstehen. Die anderen Krauts in meinem Team haben es auch gelernt."

Bill Cody blickte auf die attraktive Indianerin.

„Talutah ist unsere beste Reiterin. Sie wird dich trainieren. Irgendwann werden wir auch eine große Tournee durch Europa machen. In mehreren Städten Old Germanys werden wir starten. Da ist es vielleicht ganz gut, wenn ich einen weiteren Kraut dabei habe, der die Sprache des Landes spricht."

Die Gage, die Bill Cody ihm nannte, sagte ihm als Neuling in Amerika nicht viel. Der Chef der Show sah seinen fragenden Blick.

„Das mag dir nicht üppig erscheinen, aber Kost und Logis – das wird in Old Germany doch so gesagt – sind frei."

Als Cody, der inzwischen aufgestanden war, schon halb zur Tür hinaus war, erhoben sich auch Claus Hinrich und Talutah.

Bill Cody machte einen Schritt zurück und hielt Claus Hinrich die Hand hin:

„Auf gutes Gelingen, Claus. In drei Wochen starten wir eine Tournee durch die amerikanischen Oststaaten. Bis dahin musst du absolut fit sein. Also, streng dich an."

Claus Hinrich blickte noch auf die Wände der Blockhütte, die mit Reitutensilien wie Sätteln, Trensen und Zaumzeug dekoriert waren, als Talutah ihn am Arm nahm und mit sich zog.

„Komm Claus, ich zeige dir deine Bleibe für die nächsten drei Wochen."

Die Blockhütte, die er mit einem Kollegen teilen musste, war rustikal und schmucklos: Zwei Betten, zwei Stühle und und für jeden der beiden Bewohner gab es einen Wandschrank. Darin mussten sowohl die Privatkleidung als auch die Showgarderobe untergebracht werden.

Der Wandschrank des Kollegen stand offen. Darin hing die Cowboygarderobe eines offenbar sehr großen Menschen.

Talutah sah seinen Blick.

„Nicht für dich. Wir gehen gleich zur Kleiderkammer. Da werden wir etwas Passendes für dich finden. Deinen Kollegen Filip, einen Niederländer wirst du noch kennen lernen." Claus warf sein Reisegepäck, das nur aus einem leichten Bündel bestand, in eine Ecke der Hütte und ging mit Talutah in Richtung Kleiderkammer. Erst jetzt bemerkte er, welch große Anzahl von einzelnen Blockhütten der Showmitglieder in Hufeisenform auf dem riesigen Gelände standen.

Talutah deutete auf einen in der Nähe seiner Bleibe gelegenen langgestreckten Flachbau:

„Toiletten, Dusch- und Waschräume für Männer. Davon gibt es sechs und vier für die Frauen."

Die Kleiderkammer war eine Halle und ließ Claus wieder staunen. An langen Garderobenstangen gab es einen Bereich für Cowboykleidung. Hosen, Jacken, Stiefel und Hüte. Alles in unterschiedlichen Versionen. Daneben die Kostüme der Indianer. Lederne mit Fransen geschmückte Jacken, Hosen und Mokassins. Auch Federschmuck in vielen Farben und Amulette, die vor der Brust hängend getragen wurden.

Auf der anderen Seite der Kleiderkammer hingen die Kostüme der Squaws. Ähnlich die der Männer. Nur kleiner und nicht mit so langem Federschmuck. An der Stirnseite gab es Regale, in denen die Waffen, wie Pistolen, Gewehre, Pfeil und Bogen, und Zubehör wie Köcher für die Pfeile, Sporen für die Stiefel und auch Skalps lagen.

Claus ging näher heran und stellte fest, dass sie nicht echt waren.

„Dann wollen wir mal", sagte Talutah. „Zieh dich aus."

In Unterhosen stehend wurde er von seiner jungen Betreuerin eingekleidet.

Zufrieden sah sie ihn an:

„Der perfekte Cowboy. In der Blockhütte nebenan regiert Nahimana. Sie sorgt für die Reinigung falls du vom Pferd in den Dreck fallen musst. Auch wenn mal etwas zu nähen ist, bekommt sie es und sorgt dafür, dass für die nächste Show alles sauber und ordentlich ist. Du kannst dich wieder umziehen und die Showkleidung mit in deine Hütte nehmen."

Talutah sah auf ihre Uhr:

„Heute werden wir nicht mehr trainieren. Morgen früh um sieben Uhr hole ich dich ab."

Sie gingen an den durch Holzgatter eingezäunten Herden der Pferde und Bisons vorbei:

„Alles prächtige, gut genährte Tiere!", stellte Claus fest.

„Sehr viel besser als unser mageres Vieh im Teufelsmoor."

Auf seine Frage nach ihren guten Deutschkenntnissen, klärte Talutah ihn auf:

„Ich wurde bei deutschstämmigen Einwanderern aufgezogen. Meine Eltern wurden bei der Schlacht am Little Bighorn im Juni 1876 von Mitgliedern eines Kavallerie-Regiments getötet, obwohl es einer der letzten großen Siege der Sioux gegen die weißen Eindringlinge war. Meine Vorfahren waren schon Jahrzehnte davor von den fruchtbaren Böden Minnesotas in die wasserarmen Steppen westlich des Missouri vertrieben worden. Dort gab es kaum Bisons, die Lebensgrundlage der Sioux. Sitting Bull, der oberste Häuptling unseres

Stammes rief zum Widerstand gegen dieses Unrecht auf. Bei den Kämpfen blieben meine Mutter und ich im Wigwam zurück. Dann kamen die Soldaten und töteten meine Mutter. Mich übersahen sie, weil ich mich unter einer Decke versteckt hatte. Später, als alle Kämpfer verschwunden waren, wurde ich von deutschen Siedlern, die in der Nähe in einer Kolonie lebten, aufgegriffen. Es waren Auswanderer aus Schwaben. Ein kinderloses Ehepaar nahm mich mit auf ihre Siedlerstelle. Da die Sioux wie auch die anderen Stämme immer noch keine Bürgerrechte besitzen, ging das völlig problemlos. Ich war damals zehn Jahre alt und lernte nicht nur die deutsche Sprache. Ich wuchs praktisch deutsch auf."

„Leben deine Eltern noch?", fragte Claus.

„Ja, die Farm läuft gut. Sie betreiben Pferde- und Rinderzucht. Wenn es meine Zeit zulässt, besuche ich sie. Als ich 14 Jahre alt war, haben sie ein Kind bekommen. Einen Sohn, der die Farm einmal übernehmen wird. Auch nach der Geburt des Jungen haben sie es mich nie merken lassen, dass ich nicht ihr eigen Fleisch und Blut bin."

Claus rechnete:

„Bei der Schlacht warst du Zehn. Also bist du jetzt 19 Jahre alt. Zwei Jahre jünger als ich und die beste Reiterin der Show!"

Talutah wiegelte ab:

„Andere sind genau so gut. Meine schwäbischen Eltern hielten auch Pferde. Aber als sie mich aufnahmen, konnte ich längst reiten. Es muss in meinen indianischen Genen liegen."

Sie waren an seiner Hütte angekommen.

Talutah verabschiedete sich:

„Also Claus, wenn deine Garderobe im Schrank hängt, kannst du zum Abendessen drüben ins Gemeinschaftshaus gehen. Wir sehen uns morgen früh."

Claus betrat die Hütte durch die offen stehende Tür und traf auf seinen Mitbewohner. Er war groß, sehr groß, sicher deutlich über zwei Meter und breitschultrig. Seine üppige Haarmähne und auch der Rauschebart waren strohblond. Obwohl Claus auch großgewachsen war, überragte der Niederländer ihn um mindestens zwei Hauptlängen. Eine imposante Erscheinung.

Der Mann sprach ihn an:

„Den letzten Satz von Talutah habe ich noch gehört. Morgen wird sie dich ordentlich in die Mangel nehmen und ins Schwitzen bringen. Lass` dich von ihrer netten Art nicht täuschen."

Erst dann stellte der Hüne sich vor:

„Ich bin Filip aus den Niederlanden. Und du kommst aus dem Düvelsmoor bei Bremen?"

„Ja, Claus mein Name."

„Landsleute von mir haben für den Moorkolonisten Christian Findorff als Spezialkräfte bei der Entwässerung des Moores geholfen. Dafür habt ihr uns dann die Hollandgänger geschickt."

Claus konnte Filip einigermaßen verstehen. Er sprach englisch mit friesischem Platt vermischt. Das klang so ähnlichwie das im Teufelsmoor gesprochene Plattdeutsch.

Sie gingen gemeinsam zu einem langgestreckten Bau aus behauenen Baumstämmen und stellten sich in die Schlange der Hungrigen an der Essensausgabe.

Mit ihrem Bohneneintopf setzten sie sich an einen der langen Tische. Während sie ihre Teller leerten, erzählte Filip ihm vom Ablauf des Trainings und dass mit dem Chef Bill Cody angenehm zu arbeiten sei.

Claus blickte sich um. Er sah Männer mit wettergegerbten Gesichtern und deutlich weniger Frauen. Die Indianer und Mexikaner saßen jeweils getrennt an gemeinsamen Tischen.

Talutah entdeckte er nicht. Wenn Männer von der Essensausgabe zu den Tischen gingen, erkannte er an den leichten O-Beinen die geübten Reiter.

„Der Chef lässt sich sein Essen in die Hütte bringen", sagte Filip. „Da kann er ungestört neben seinem Teller Notizen machen und Einzelheiten für die nächste Tournee planen. Übrigens geht es in drei Wochen nach New York. Dort gastieren wir zwei Wochen und werden den Großstädtern mal zeigen, wie es im wilden Westen zugeht."

Er lachte dröhnend und verschluckte sich an einem zähen Stück Fleisch aus seiner Bohnensuppe.

Claus spürte eine Hand auf seiner Schulter. Er drehte sich um und sah Marten Grotheer, den einäugigen Tierarzt aus der alten Heimat.

„Na min Jung, hast du es zu deinem Traumjob geschafft?", fragte der.

„Noch nicht ganz", meinte Claus. „Ich fange morgen erst an."

„Prima, dass es geklappt hat. Ich komme gerade aus der Krankenstation für unsere Pferde. Eine Stute lahmt. Sie muss in drei Wochen wieder fit sein."

Er ging mit seinem Essen zu einem freien Platz an einen Nachbartisch.

Langsam verließen die letzten Esser den Saal. Der große Filip holte sich noch einen kräftigen Nachschlag, während Claus, der durch die vielen neuen Eindrücke des Tages müde geworden war, sich auf den Weg in seine Hütte machte, um für den morgigen Trainingstag ausgeschlafen zu sein.

Am nächsten Morgen stand Talutah pünktlich um sieben Uhr vor der Tür. Ihr Haar war zu einem langen Zopf geflochten und sie trug Privatkleidung.

„Guten Morgen Claus; trainiert wird in Zivil. Wir wollen doch nicht die Showgarderobe bei Stürzen im Training versauen.

Claus zog sich wieder um.

In der Kleiderkammer suchte Talutah ihm einen passenden Sattel aus, fasste ihn an die Schulter, um mit ihm den Raum zu verlassen.

„Stopp", sagte Claus. „Was ist mit deinem Sattel?"

Talutah zeigte ein leichtes Lächeln:

„Mein Sattel? Du machst wohl Witze. Oder anders gesagt, ein Indianer mit Sattel auf einem Pferd wäre ein Witz. Ich reite natürlich ohne.

„Der erste Trainingstag wurde für Claus eine Katastrophe.

„Für den Anfang eine ganz einfache Übung. Im Galopp aus dem Sattel fallen lassen und liegen bleiben", sagte seine Trainerin. „Du wirst erst einmal als Fallobst eingesetzt. Übrigens ein schönes deutsches Wort."

„Fallobst?, fragte Claus.

„Ja, jedes neue Mitglied unserer Show fängt damit an. Du wirst von dem Pfeil eines Indianers getroffen und stürzt sterbend von deinem Pferd.

Claus schluckte zweimal, schwang sich auf den von Talutah ausgewählten Rappen und galoppierte los. Auf einem Schimmel folgte Talutah ihm. Ihr Pfiff bedeutete, dass der Pfeil des Indianers ihn gerade traf.

Claus ließ sich wieder und wieder fallen.

Endlich gab es eine Pause.

„Veranlagt bist du", meinte Talutah. „Aber du musst noch üben, üben, üben. Und nach dem Treffer nicht wie ein nasser Mehlsack vom Pferd fallen, sondern es etwas theatralischer anlegen. Zum Beispiel die Arme hoch reißen und einen Schmerzensschrei ausstoßen. Biete mal was an."

Damit war die Pause beendet und die Quälerei ging weiter.

Irgendwann hörte er das erlösende Wort:

„Feierabend. Schluss für heute. Ich will dich nicht überfordern."

Während sie an einer improvisierten Bar auf dem Gelände einen alkoholfreien Drink nahmen, kam noch ein Lob von seiner Trainerin:

„Wenn du weiter so eisern dabei bleibst, bist du in drei Wochen bei unserem Tourneestart dabei."

Als Claus etwas später todmüde, völlig kaputt und alle Knochen im Leib spürend ins Bett gekrochen war, kam von Filip noch eine Frage:

„Na, wie war der erste Tag als Fallobst?"

Als Antwort hörte er nur noch Schnarchgeräusche von Claus.

Nach zwei Wochen beherrschte Claus seinen Todessturz in unterschiedlichen Versionen mit Routine. Getroffen vom Pfeil eines Indianers oder getötet durch den Schuss eines weißen Kontrahenten. Claus stürzte vom Pferd und starb perfekt.

Durch die Gespräche mit Filip, anderen Kollegen und auch Talutah sprach er jetzt ein Englisch mit friesisch-plattdeutschen Vokabeln durchsetzt. Aber er war ständig bemüht, sich zu verbessern.

Talutah führte ihn auch zu den in der Show mitwirkenden Bisons, die stoisch auf einer Wiese grasten.

„Sie sind mit der Hand aufgezogen und völlig friedlich. Als Teil der Show beleben sie die Szenerie.

Bei einem dieser abendlichen Spaziergänge begegneten sie Filip, der mit seinem Pferd noch probte. Claus staunte über die enorme Größe des Tieres. Ein Rappe, der sicher auf ein Stockmaß von über zwei Metern kam, wie er schätzte. Dazu der massige, muskulöse Körper.

Talutah bemerkte seinen erstaunten Blick:

„Ein Shire Horse, die größte Pferderasse. Ein sanftmütiger Charakter, lernfähig und mit einem trittsicheren Gang. Diese Tiere wurden im 18. Jahrhundert von den englischen Brauern für ihre Fuhrwerke gezüchtet. Bill Cody brachte den Rappen von einem Gastspiel in Großbritannien mit."

„Ein passendes Tier für Filip", meinte Claus.

„Ja, Filip spielt immer den Anführer der Cowboys."

Talutah erzählte ihm auch etwas über die Geschichte der Sioux:

„Unsere Stämme dominierten um 1800 fast ganz Nord- und Süddakota, Nord-Nebraska, Ostwyoming, Süd-Montana, Iowa und Minnesota. Meine Vorfahren waren auf ihren Mustangs große Jäger. Ihre Pferde mussten ausdauernd sein, denn ein tödlich getroffener Bison konnte weit laufen, ehe er zusammenbrach. Pferd und Reiter mussten viel Mut und Geschick besitzen, um den stoßenden Hörnern ausweichen zu können. Als Waffen besaßen sie eine kurze Lanze oder einen Bogen mit zwanzig Pfeilen im Köcher. Bekleidet waren die Sioux mit einem ledernen Lendenschurz und Mokassins. Die Bisons versorgten meine Vorfahren mit Nahrung, Unterkunft und Kleidung. Zum Beispiel wurden aus der Haut von Bisonkälbern Windeln für die Neugeborenen gefertigt. Die Abdeckung eines Tipis für die Familie wurde aus den Häuten von acht ausgewachsenen Bisons gemacht. Aus der Bisonhaut wurden auch Boote gebaut, und Mokassins, Taschen, Riemen und Kleidungsstücke gefertigt. Es wurden immer nur soviel Bisons getötet, wie für das Material und die tägliche Nahrung benötigt wurden."

Talutah schwieg eine Weile, um dann noch etwas nachzuschieben:

„Und dann kamen die weißen Siedler, um die riesigen Bisonherden bis auf wenige Tiere abzuknallen. Teilweise aus den Fenstern ihrer Eisenbahnzüge. Ohne Sinn und Verstand. Nur aus der reinen Lust am Töten. Sicher wurde Fleisch für die Versorgung der Arbeiter beim Gleisbau benötigt, aber deshalb fast den ganzen Bisonbestand vernichten?"

Nach einer weiteren Pause sagte sie noch:

„Was mit meinen Leuten geschah, davon will ich gar nicht reden."

Um sie auf andere Gedanken zu bringen, fragte Claus nach ihrer Rolle in der Show:

„Übermorgen haben wir eine Gesamtprobe. Da wirst du den Ablauf der Show mit allen Teilnehmern sehen. Auch drei Stürze von dir in verschiedenen Szenen sind dabei. Ich spiele die Tochter eines Häuptlings und werde von einer Bande weißer Schurken gekidnappt. Als Höhepunkt meines Einsatzes muss ich in wildem Galopp mit hohen Sprüngen über liegende Baumstämme und Buschwerk entkommen. Die Baumstämme sind leichte Dummys aus unserer Requisite. Die Büsche besorgen unsere Tierpfleger mit dem Zusatzfutter für unsere Bisons."

„Und alles ohne Sattel?"

„Natürlich."

Claus begleitete Talutah bis zu ihrer Blockhütte. Bevor sie zu ihrer Mitbewohnerin hineinschlüpfte, gab sie ihm einen Kuss auf die Stirn.

In dieser Nacht träumte Claus das erste Mal seit seiner Ankunft im Camp. Darin ritt er mit Talutah in der Prärie dem Morgenrot entgegen. An einer einsamen Wasserstelle pflockten sie ihre Pferde an und legten sich ins Gras. Er beugte sich über sie und wachte auf, weil der schwergewichtige Filip, offenbar von ganz anderen Träumen geplagt, sich laut stöhnend in seinem Bett wälzte.

Kurz vor Ablauf seiner dreiwöchigen Trainingszeit kam der Tag der Generalprobe. Claus sollte in verschiedenen

Rollen in unterschiedlicher Garderobe vom Pferd stürzen. Dreimal als Cowboy von Pfeilen der Indianer getroffen und zweimal durch Kugeln von Pferdedieben getötet.

Bei den bisherigen Proben bekam er vom Ablauf der Spielhandlung nicht viel mit, weil er sich voll auf seinen Einsatz konzentrieren musste.

Talutah klärte ihn auf:

„Eigentlich sind es nur Pferderennen zwischen Cowboys, Mexikanern und Indianern. Die Show besteht aus drei Hauptteilen: Das akrobatische Reiten der Indianer, die brillanten Leistungen der weißen Schützen und die wilden Kämpfe Weiss gegen Rot. Dabei ziehen die Indianer gegen die Flinten der Weißen natürlich immer den Kürzeren. Kurz gesagt: Das Publikum will nur die guten Cowboys und die bösen Indianer sehen. Dann sind die Leute zufrieden."

Bei der Generalprobe war Publikum anwesend, dem freier Eintritt gewährt wurde.

Eröffnet wurde die Show mit dem Auftritt einer Gruppe von Cowboys. Als Filip der Riese, dem seine blonde Mähne unter dem Cowboyhut hervorquoll, auf seinem gewaltigen Pferd als Führer der Cowboys in die Arena ritt, ging ein Raunen durch die Zuschauermenge.

Aber dann tauchten auch schon die ersten Indianer auf. Die zahmen Bisons wurden ins Blickfeld der Zuschauer getrieben und es entwickelte sich die Choreographie eines Schlachtgetümmels. Pfeile wurden abgeschossen, so dass es reichlich Fallobst gab, Platzpatronen ließen die Indianer von ihren Pferden stürzen, und über dem ganzen Tohuwabohu schwebte unbeirrt und majestätisch das amerikanische Wappentier: Ein zahmer Weißkopfseeadler.

Als Zugabe und gleichzeitig als Höhepunkt der Vorstellung gab es eine Showeinlage von zwei Indianern: Jeder der beiden Reiter stand auf zwei Pferden. Der linke Fuß auf dem linken Pferd, der rechte Fuß auf dem rechten Pferd. So kamen in rasendem Galopp vier Pferde – zwei Schimmel und zwei Rappen – mit zwei breitbeinig darauf stehenden Akteuren nebeneinander auf das zu einer riesigen Arena ausgebaute Gelände heran gestürmt. Von zwei Requisiteuren wurde nach der ersten Runde schnell eine fast zwei Meter hohe Hürde in den Rundkurs geschoben. Ohne Probleme sprangen die beiden auf ihren vier Pferden stehenden Reiter ohne das Tempo zu verringern über dieses Hindernis.

Die Zuschauer belohnten diese reiterliche Glanzleistung mit rasendem Schlussapplaus.

Während das technische Personal nach der üblichen Generalprobe mit dem Abbau der Requisiten beschäftigt war, die Tierpfleger Pferde, Bisons und den Weißkopfseeadler versorgten, rief William Cody die Darsteller zusammen, um einige Änderungen und Verbesserungen für die Aktionsszenen zu besprechen, die bis zur Premiere noch trainiert werden mussten.

Anschließend gingen Talutah und Claus gemeinsam ins Camp zurück. Claus fragte nach dem Werdegang ihres Chefs.

Talutah holte weit aus:

„William Cody bekam seinen Spitznamen Buffalo Bill, als er 1867 im Auftrag einer Eisenbahngesellschaft innerhalb von acht Monaten über 4000 Bisons schoss, um

Bahnarbeiter mit Fleisch zu versorgen. Dadurch wurde auch meinem Stamm die Nahrungsgrundlage in hohem Maße entzogen. Mehrere Jahre beschäftigte ihn die US-Kavallerie als Scout, und er erhielt den höchsten Tapferkeitsorden der USA, die Medal of Honor.

Für ihn spricht, dass er aus einer Familie stammt, die gegen die Sklaverei eintrat. Sein Vater wurde deshalb mehrfach angegriffen. Er musste sich verstecken und hatte kaum noch Kontakt mit seiner Familie. Bill als ältester Sohn sorgte für die Mutter und seine Geschwister. Um 1883 gründete er die Buffalo Bill's Wildwest Show.

Viele indianische Häuptlinge, auch Sitting Bull, der Häuptling meines Stammes, waren Mitglieder seiner Show. Sitting Bull trug damit zum Entstehen der Klischees über den Wilden Westen bei. Er war sich wegen mangelnder Englischkenntnisse nicht darüber im Klaren, dass es sich nur um eine Show handelte. Er hielt Reden in unserer Sprache Lakota und glaubte, auf diese Weise die Verbrechen der Weißen an den Indianern deutlich machen zu können."

Talutah kam ins Grübeln und beendete ihren kleinen Vortrag mit leiser Stimme:

„Und das, obwohl der Sieg der Weißen über die Indianer das Hauptthema der Show ist."

Mit dem Gastspiel in New York begann für Claus eine Zeit des Reisens. Die Show gastierte in fast allen Städten der Ostküste Nordamerikas. Auch die großen Städte Kanadas standen auf ihrem Tourneeplan. Sie spielten in großen Hallen oder auf abgesperrtem Freigelände. Die

Vorstellungen waren fast immer ausverkauft und das Publikum begeistert.

Neben den von Bill Cody geschalteten Anzeigen erschienen im redaktionellen Teil der Tagespresse groß aufgemachte Berichte über das sensationelle Ereignis.

Nach einigen Monaten war Claus in der Hierarchie der Cowboys vom Fallobst zum Anführer einer Bande von Strauchdieben aufgestiegen. Mit finsterer Miene kämpfte er mit seinen Leuten gegen die Guten. Die wurden von dem inzwischen zu seinem Freund gewordenem Filip kommandiert.

Der Kontakt zu Talutah war dabei immer enger geworden. Sie war jetzt nicht mehr seine Trainerin, aber sie trafen sich fast jeden Tag nach den Vorstellungen. Claus erzählte ihr von seinem Leben im Moor, von seinem Vater und seinen Brüdern. Auch von seiner früh entwickelten Liebe zu Pferden berichtete er.

Irgendwann sprach Claus von Heirat.

Talutah schüttelte den Kopf:

„Da haben wir zwei Probleme. Du bist noch kein Amerikaner und wir Indianer haben keine Bürgerrechte."

Das erste Problem war schnell gelöst. Bill Cody, der als Nationalheld galt, sorgte mit seinen Beziehungen dafür, dass Claus schnell und unbürokratisch eingebürgert wurde. Für das zweite Problem gab es auch eine Lösung: Talutah überzeugte Claus davon, in der nächsten Tourneepause mit ihr in das Reservat ihres Stammes zu fahren:

„Unser Stammesältester kann unsere Eheschließung vollziehen."

So geschah es.

Sitting Bull

Sitting Bull im Showkostüm mit Buffalo Bill im Jahr 1885

Nicht alle im Team waren mit dieser Heirat einverstanden. Ein Cowboykollege aus den Südstaaten sprach auch ganz offen darüber:

„Eine Indianerin? Als Showgirl ist sie okay, aber gleich heiraten?"

Claus war mit diesem Mann schon einmal aneinander geraten, als dieser Südstaatler darüber schwadronierte, dass es verkehrt war, die Sklaverei abzuschaffen.

In seiner Rolle als Cowboy war er die Idealbesetzung. Die Lust, Indianer zu erschießen, war ihm deutlich anzumerken.

Talutah und Claus planten, sich von ihren ersparten Gagen nach der geplanten Europatournee eine kleine Ranch zu kaufen. Damit wären sie unabhängiger und würden damit ihre Träume verwirklichen.

Fünf Jahre war Claus jetzt Mitglied der Buffalo Bill Show. Endlich war es im Jahr 1890 soweit: Die große Europatournee stand an. Das Kaiserreich Deutschland stand ganz oben auf dem Gastspielkalender. Darauf freute Claus sich besonders. Der Tross bestand aus weit über hundert Cowboys, Indianern, Pferden, Büffeln und zwei Weißkopfseeadlern, die abwechselnd eingesetzt wurden. Dazu kam das technische Personal für den Auf- und Abbau der Szenerie und die Requisiteure mit ihrer gewaltigen Menge an Equipment.

Dreißig Eisenbahnwaggons setzten sich von ihrem Camp aus in Bewegung. Von New York aus ging es mit einem Dampfschiff nach Bremerhaven für Auftritte in Deutschland, ihrer ersten Etappe der Europatournee.

Die Fahrt über den Atlantik war besonders für Talutah ein großes Ereignis. Die Weite des Meeres war so ganz anders als die unendlich wirkende Prärie.

Tagsüber hielt Bill Cody oft Besprechungen in kleinen Gruppen ab. Es waren überwiegend Monologe von ihm. Nach diesen Besprechungen gingen Talutah und Claus noch an Deck, blickten auf das Meer und schmiedeten Pläne für ihre Zukunft als Rancher.

An einem dieser Abende, als sie schon in seiner Koje lagen, erfuhr Claus von Talutah, dass sie in ihre Zukunftspläne ein Kind mit einbeziehen müssten. Claus war glücklich.

Die erste Station von Buffalo Bill's Wild West Show war München. Für das Gastspiel war auf der Theresienwiese eine riesige 6.000 Zuschauer fassende Zirkusarena aufgebaut. Prinz Ludwig von Bayern und sein Hofstaat zählten zu den Ehrengästen. Von der Premiere am 19. April 1890 bis zum 5. Mai 1890 gab es täglich eine dreistündige Vorstellung. Jede war ausverkauft.

Jetzt zog der Tross nach Norddeutschland. Dort wurden die Vorstellungen genau so gut besucht. In Braunschweig gab es Zuschauerrekorde. Vom 16. bis 21. Juli 1890 besuchten täglich bis zu zu 18.600 Interessenten die Show.

Das Zeltlager der Darsteller stand den Showbesuchern offen. Wilde Indianer, tapfere Cowboys und gefährliche Bisons konnten bestaunt werden.

Im September stand das Gastspiel in Bremen an. Claus freute sich darauf, die Stadt wiederzusehen, in der seine

Familie mit dem Torfverkauf ihren Lebensunterhalt verdiente.

Als er Talutah davon erzählte, war sie begeistert und machte den Vorschlag für einen Besuch in seinem Elternhaus:

„Wir können doch nach einer Vorstellung einen Abstecher dort hin machen und deinen Vater und die Brüder besuchen."

„Ich bin im Unfrieden mit ihnen auseinander gegangen und habe in den ganzen Jahren keinen Kontakt gehabt."

Talutah blieb hartnäckig.

Claus beendete die Diskussion mit einem „mal sehen".

Bei der Ankunft in Bremen sah Claus die Werbeplakate ihrer Show. Wie immer in großen Lettern als „Wild West Show mit Buffalo Bill, Indianern und Cowboys". Etwas kleiner „Wilde Tiere" und andere Programmteile. Aber dann! Der Blick von Claus blieb an den letzten Zeilen auf dem Plakat hängen.

Der Text in knallroter Schrift lautete:

„Das erste Mal in Bremen dabei: Claus Garbaden, der Teufelsreiter aus dem Teufelsmoor:"

Neben dem Plakat wurde auf ein Radrennen in Bremen hingewiesen. Aber das war für ihn völlig uninteressant.

Er war perplex über den Teufelsreiter und sprach mit Talutah darüber.

Sie wiegelte ab:

„Na ja, Bill ist auch ein Reklamefuchs. Diese Werbung ist für ihn wichtig. Da übertreibt er manchmal. Dein Name soll sicher mehr Leute aus der Gegend anlocken."

Die Bremer Bürgerweide, in der Nähe des Hauptbahnhofs gelegen, war der ideale Standort für die Kampfarena und das Zeltlager.

Auch in der Hansestadt waren alle Vorstellungen ausverkauft. Es wurde ein großer Erfolg.

Talutah gab keine Ruhe und konnte Claus überzeugen, den Abstecher ins Teufelsmoor zu machen. Es wurde ein Reinfall. Als sie sich auf dem Hof umsahen, kam ihnen aus dem Kuhstall ein Fremder entgegen.

„Wir suchen die Familie Garbaden", sagte Claus.

Der mürrisch wirkende Mann, offensichtlich ein Bauer, gab sich zugeknöpft:

„Die gibt es hier nicht mehr. Der Hof gehört jetzt mir und nun verlassen Sie mein Gehöft."

Weitere Fragen beantwortete der Mann nicht.

Claus zeigte Talutah noch einige Plätze seiner Kindheit. Sie liefen zum Schiffgraben und ein Stück die Hamme entlang, bevor sie sich wieder auf den Rückweg machten.

Am Rande des Camps wartete auf Claus eine große Überraschung. Eine elegant gekleidete Frau wollte gerade das Showgelände verlassen, als sie am Eingang zusammentrafen.

Claus erkannte sie sofort: Beke Runge von Bord der „Elbe" auf der Fahrt nach New York. Auch sie erkannte ihn. Beide waren einen Moment sprachlos.

Beke fasste sich als Erste:

„Ich konnte damals nicht warten. Meine Eltern haben mich fortgezerrt, als ich sie bat, auf einen Zwischendeck-Passagier zu warten."

Werbeplakat der Deutschlandtournee

84

„Es ist lange her, ich bin inzwischen verheiratet", sagte Claus und deutete auf Talutah.

Beke nickte Talutah zu.

„Ich bin auch verheiratet und habe zwei Kinder."

Während Talutah ins Camp hineinging fragte Claus: „Woher wusstest du, dass ich hier in der Wildwestshow auftrete?"

„Du hast mir doch auf der „Elbe" von deinen Plänen erzählt. Dabei war auch die Idee von dir, Cowboy zu werden. Als ich in den Bremer Nachrichten von dem bevorstehenden Gastspiel der Western Show las, habe ich mir später die Plakate an den Litfaßsäulen angesehen und deinen Namen gelesen."

Beke räusperte sich und ihr Gesicht wurde jetzt von einem Lächeln überzogen.

„Also nicht nur Cowboy bist du geworden, sondern sogar ein Teufelsreiter. Ich werde mit meinen Kindern eine Vorstellung besuchen."

„Ach, das ist nur ein Reklamegag unseres Chefs Bill Cody. Übrigens besitzt der Teufelsreiter, immer noch deine Uhr. Sie befindet sich in meinem Tourneekoffer. Ich könnte sie holen."

„Nein, nein. Behalte sie als Erinnerungsstück an die Seereise nach Amerika, auf der wir schöne Stunden verbrachten", sagte Beke leise, und statt des Lächelns in ihrem Gesicht sah Claus jetzt, dass ein paar Tränen ihre Wange hinunter liefen.

Es gab nicht mehr zu sagen und sie verabschiedeten sich.

Claus blickte ihr nach und sah nur noch, wie Beke ein spitzenbesetztes Taschentuch hervorzog und an ihr Gesicht führte, ehe sie seinem Blickfeld entschwand.

Von Filip wurde Claus informiert, dass die gesamte Crew der Show sich morgen nach der Nachmittagsvorstellung in der Bremer Straße „Außer der Schleifmühle" einzufinden habe:

„Bill Cody hat mit dem Veranstalter des dort stattfindenden Radrennens eine Sondereinlage vereinbart. Er wird mit einem starken Gegner um die Wette fahren. Das Team soll ihn anfeuern. Und zwar in den Showkostümen."

„Unser Chef auf einem Fahrrad? Für gute Reklame ist er sich für nichts zu schade", meinte Talutah.

Am nächsten Tag zog die große Menge der Darsteller nach der Vorstellung in voller Kostümierung gemeinsam zur Straße „Außer der Schleifmühle".

Claus führte die Gruppe:

„Ich kenne den Weg. Ich habe dort vor einer Ewigkeit mit meinem Vater Torf verkauft."

Am Start- und Zielpunkt angekommen hörten sie die Ansage des Veranstalters:

„Meine Herrschaften, heute sehen sie als einmalige Sondereinlage des Bremer Straßenradrennens den weltberühmten Westernheld Buffalo Bill im Duell mit unserem heimischen Favoriten Bäckermeister Albert Punt."

Die beiden Kontrahenten starteten. Die Route führte um drei große Häuserblocks, die zweimal umfahren werden mussten.

Bill Cody legte los wie die Feuerwehr und gewann schnell drei Radlängen Vorsprung.

Die Cowboydarsteller und die Indianer pfiffen schrill, klatschten und johlten lautstark und feuerten Bill Cody an, ehe die beiden Kontrahenten um den Häuserblock verschwanden. Als sie auf der anderen Seite wieder hervor kamen, waren sie gleichauf. Wieder wurde lauthals gejohlt, bis sie um den Block verschwanden. Jetzt musste die Entscheidung fallen. Alle blickten gespannt auf die Einfahrt zur Ziellinie.

Der Bäckermeister bog zuerst ein und fuhr mit großem Vorsprung jubelnd ins Ziel. Während er triumphierend seine Arme hochriss, dauerte es noch eine Weile ehe Bill Cody um die Ecke bog und sein Fahrrad völlig erschöpft über die Ziellinie rollen lies.

Laut gratulierte er dem Bäckermeister zum Sieg:

„Ich habe mich am Anfang verausgabt. Morgen gibt es eine Revanche. Aber dann auf Pferden!"

Die umstehende Menge lachte.

Der Bäckermeister lachte auch:

„Ein guter Witz. Ich habe noch nie auf einem Pferd gesessen."

Die anwesenden Zeitungsreporter waren begeistert. Für die nächste Ausgabe ihres Blattes hatten sie ihre Story. Und William Cody die beste Werbung für seine Wildwestshow.

Anschließend wurde das Team von den begeisterten Zuschauern umringt. In erster Linie natürlich Buffalo Bill Cody.

Claus sah, dass die Bremer Zuschauer nicht nur von dem Sieg ihres Lokalmatadors begeistert waren. Das Publikum konnte sich nicht sattsehen an den mutigen

Cowboys und den gefährlichen Indianern. Viele ließen sich Autogramme geben. Auch der Teufelsreiter aus dem Teufelsmoor wurde darum gebeten.

Claus sah Talutahs Einschätzung bestätigt: Bill Cody war nicht nur ein großer Organisator und begnadeter Showman, sondern auch ein Mann, der wusste, wie die Reklametrommel für sein großes Unternehmen geschlagen werden musste.

Die letzte Vorstellung des Bremer Gastspiels war gerade beendet. Alle packten mit an, um Tiere und Requisiten für die Fahrt zum nächsten Auftritt in Braunschweig zu verladen.

Claus kümmerte sich nicht um den Mann, der neben ihm stand. Es gab immer Zuschauer, die interessiert oder neugierig alles verfolgten, was auf dem Showgelände passierte.

Erst als der Mann „Moin Claus Hinrich" sagte, blickte er hoch, und musste genauer schauen, um seinen Bruder Georg, den Träumer zu erkennen.

Claus sah in ein verhärmtes Gesicht und bemerkte die leicht gebeugte Figur des Bruders. Einen seiner Arme trug er in einer Binde Er musste schon bessere Tage gesehen haben. Und er roch die Alkoholfahne als Georg sprach:

„Vielleicht braucht ihr einen Pferdepfleger oder so etwas? Ich könnte mitreisen."

Claus gab seinem Bruder zur Begrüßung erst einmal die Hand, und gab sich Mühe, ihm klar zu machen, dass er chancenlos sei:

„Ich kann das nicht entscheiden. Unser Chef ist zum nächsten Gastspielort gereist, um Vorkehrungen für unsere Ankunft zu regeln. Außerdem sind wir personell komplett und ohne Englischkenntnisse geht gar nichts."

Georg sah es ein.

„Sicher hat er in der letzten Zeit öfter ähnliche Ablehnungen bekommen", dachte Claus.

„Ich kann leider im Moment nichts für dich tun. Es tut mir sehr leid, aber wir reisen heute noch ab und ich habe noch eine Menge zu erledigen.

Als er Georg mit hängenden Schultern davon gehen sah, war er innerlich zerrissen und war versucht, ihm hinterher zu gehen. Aber was sollte er machen. Ihm Geld geben, damit er es in der nächsten Schankwirtschaft versaufen konnte? Zeit für ihn hatte er durch die unmittelbar bevorstehende Abreise, bei der jede Hand gebraucht wurde, auch nicht.

Georg blickte sich nicht nach seinem Bruder Claus Hinrich um, als er die Bürgerweide verließ. Sein Ziel war die Haltestelle der Elektrischen. Sein Geld für das Billett in den Bremer Westen reichte gerade noch. Er brauchte jetzt ein großes Bier und hoffte, dass Else heute ihren großzügigen Tag hatte und ihm vielleicht auch einen Korn dazu spendieren würde.

Nachdem Georg den elterlichen Hof verließ, der in andere Hände fiel, ging er nicht als Hollandfahrer auf die Reise. Er landete im Bremer Freihafen. Dort be- und entlud er Stückgutfrachtschiffe, die über die sieben Weltmeere fuhren. Oft waren es Baumwollballen, die aus den nordamerikanischen Südstaaten angelandet wurden. Nach dem Entladen wurden sie in den großen Lagerschuppen verstaut. Dabei musste er mit den Baumwollküpern, den Ladekontrolleuren zusammen arbeiten. Sie waren für den Warenumschlag zuständig. Dabei erfuhr er von ihnen, dass die Hauptmenge der deutschen Baumwollimporte über Bremen lief. An die in der Hansestadt ansässige Baumwollbörse wurden Qualitätsproben der jeweiligen Ladung geliefert.

Da ungelernte Hafenarbeiter keine Arbeitsverträge besaßen, wurden sie von Sammelstellen, an denen sie sich auf gut Glück einfanden, für jeweils nur eine Schicht angeheuert.

Die schwere Arbeit auf den Frachtschiffen und in den unbeheizten und zugigen Lagerhallen war nichts für zartbesaitete Feingeister und Träumer. Für Georg, der immer noch irgendwelchen Träumen nachhing, war diese unsichere und harte Arbeit nicht das Richtige. Er sah diese Tätigkeit sehr schnell als nur vorübergehend an und machte sich auf die Suche nach einem anderen Arbeitgeber.

Eine weitere Arbeitsmöglichkeit für zweit- oder drittgeborene Bauernsöhne war, sich als Kutscher zu verdingen. Der gesamte Handelsverkehr der Freien Hansestadt Bremen wurde ausschließlich mit Pferdegespannen bewältigt. In kleineren Firmen saß der Eigentümer selbst auf dem Bock. In größeren Unternehmen wurden gern Bauernsöhne eingestellt.

Er wurde vom Eiswerk und Kühlhaus Huxmann nach seiner Bewerbung als Auslieferfahrer verpflichtet. Als Eismann lieferte er Stangeneis aus.

Im Winter wurden die ein Meter langen Eisblöcke aus der zugefrorenen Weser oder aus Seen in der Umgebung Bremens geschlagen und in kühlen Kellern der Firma gelagert. Georg fuhr auf dem Bock eines Einspänners mit den Eisstangen im geschlossenen Wagenaufbau zu den Kunden. Das waren Gaststätten, Kolonialwarengeschäfte und auch Privathaushalte.

Vor Beginn seiner Touren musste er die Eisstangen aus dem Eiskeller tragen und im Wagen, der an der Rückfront zu öffnen war, stapeln. Dazu trug er einen ledernen Schulterschutz und wuchtete die schweren Eisblöcke mit einem Handhaken auf seine Schulter, und lieferte sie auf diese Weise auch bei den Kunden aus. Bei Kleinabnehmern musste er mit einem Beil die großen Stangen halbieren oder vierteilen. Dabei sprangen Eissplitter ab, die im Sommer von zuschauenden Kindern aufgenommen und gelutscht wurden.

Auf den Straßen begegneten Georg auch Fuhrwerke von Handelsfirmen. Sie transportierten Waren aus den überseeischen Kolonien und anderen Ländern von den

Lagerschuppen im Überseehafen zu den Großhändlern oder direkt in die Kolonialwarengeschäfte. Wenn sich zwei Fuhrleute begegneten, legten sie grüßend ihren Zeigefinger an den Mützenrand.

Zu Georgs Großabnehmern gehörte auch die in der Bremer Neustadt ansässige Haake-Beck Brauerei. Sie lagerte in ihrem Eiskeller jeweils eine komplette Fuhre.

Georg merkte sehr schnell, dass auch diese Arbeit wieder nicht dass Richtige für ihn war. Als er bei einer Anlieferung in der Brauerei hörte, dass ein Bierkutscher aus Altersgründen ausschied, ergriff er die Chance und bewarb sich. Nach einem Gespräch mit dem Leiter des Fuhrparks wurde er eingestellt.

Mit einem Kollegen neben ihm auf dem Bock wurden die Gaststätten im Rotlichtviertel des Bremer Westens mit Fassbier beliefert.

Zwei starke Hannoveraner Pferde zogen die schwere Last über das Kopfsteinpflaster zum Vergnügungsviertel der Seeleute in Klein St. Pauli.

Vor den Gaststätten bekamen sie ihren Futtersack mit Hafer umgehängt und die Kutscher rollten die Fässer aus Eichenholz in die Bierkeller. Anschließend wurde in der Kneipe Anbiet gemacht.

Auf seiner ersten Tour wurde er von seinem Kollegen Oskar, einem vierschrötigen Bauernsohn aus Blockland, über die jeweiligen Kunden informiert. Anliefertermine, Anzahl der Fässer und Eigenarten der Wirte wurden von Oskar beschrieben.

„Der nächste Kunde ist eine Kundin", wurde Georg von seinem Kollegen Oskar informiert. „Else Senkstake, genannt Tittenelse. Ihr gehören drei der umsatzstärksten Kneipen. Eine sehr tüchtige Geschäftsfrau, die sich die Butter nicht vom Brot nehmen lässt. Dabei hat sie ein Herz aus Gold."

Ein Angestellter der Wirtin wickelte mit den beiden Kutschern in der Gaststube die Regularien ab, die bei einer Anlieferung erforderlich sind.

Erst als die Lieferquittung unterschrieben und beide Kutscher beim obligatorischem Bier saßen, kam die Chefin herein. Georg wurde klar, wodurch die Frau zu ihrem Spitznamen kam. Aber er bemerkte auch noch, dass sie doppelt so alt wie er selbst und eine attraktive, geschmackvoll gekleidete Erscheinung war.

„Na da haben wir ja den Neuen", meinte sie und gab Georg die Hand.

Der stand auf und nannte seinen Namen.

„Nett, dein neuer Kollege", sagte Else Senkstake zu Oskar gewandt, und verschwand wieder durch die Tür, durch die sie hereingekommen war.

Georg blickte sich um. Eine Hafenkneipe stellte er sich anders vor. Der Gastraum wirkte gediegen hanseatisch.

Oskar bemerkte seinen erstaunten Blick.

„Hier im „Hanseatensalon" verkehren auch Leute der Hafenwirtschaft, Reeder, Schiffsmakler, Weserlotsen und Werftbesitzer. Elses Spezialität Kohl mit Pinkel, Wurst und Kassler ist hier der ganz große Renner. Dazu natürlich unser gutes Fassbier. Aber warte mal ab, bis wir zu Elses „Goldenen Anker" und der Gaststätte „Zur letzten Heuer" kommen. Das sind unsere nächsten Stationen.

Georg hätte gern ein weiteres Bier getrunken, aber Oskar warnte:

„Pass auf, dass du nicht zu viel trinkst. Die Pferde finden auch allein den Weg in ihren Stall zurück. Aber darauf wollen wir es nicht ankommen lassen."

Auf der Fahrt zum „Goldenen Anker" erzählte Oskar ihm, dass gemunkelt würde, Tittenelse habe das Kapital für ihre erste Kneipe in jungen Jahren als leichtes Mädchen verdient.

„Du weißt schon", schob er noch hinterher.

Georg erzählte seinem Kollegen von seiner Bleibe in Bremen:

„Ein möbliertes Zimmer. Es ist aber weder möbliert noch ein Zimmer. In dem Zweifamilienhaus in Findorff gehört eine Dachkammer zu der oberen Wohnung. Schräge Wände unter den unverputzten Dachziegeln Ein einfaches Bett und ein Wandhaken für meine Kleidung und eine kleine Dachluke für etwas Tageslicht. Das ist alles. Toilettenbenutzung unten bei der Familie. Aber es ist billig.

Am hellen Tag leuchtete ihnen der Neonschriftzug „Zum Goldenen Anker" entgegen: Darüber leuchtete, auch in Neon, ein goldfarbener Anker.

Bevor sie die Kneipe betraten, kam ein Mann aus der Tür getorkelt und wäre fast vor die Hufe ihrer Pferde gefallen, wenn Georg ihn nicht geistesgegenwärtig aufgefangen hätte.

„Eine üble Kaschemme", dachte Georg nach dem ersten Blick.

Abgewetzte hölzerne Tische mit Bierlachen, halbvollen Biergläsern und vollen Aschenbechern. Die Wände waren mit zerrissenen Fischernetzen dekoriert und vor einer davon, die lange Theke mit bunt zusammen gewürfelten Hockern.

Auch die Gäste waren bunt zusammen gewürfelt. Ein zahnloser Greis vor einem Bier. Ein Mann im Anzug und Krawatte um den Stehkragen des Hemdes geschlungen, verzehrte eine Portion Eisbein. Alterslos geschminkte Frauen, davon eine auf dem Schoß eines schwarzen Matrosen. An einem Ecktisch drei Skat spielende Männer. Menschen, in deren Gesichtern zu erkennen war, dass bessere Tage schon lange hinter ihnen lagen.

Georg ging zu dem Bierzapfer hinter der Theke, der auch als Elses Geschäftsführer fungierte und besprach mit ihm die heutige Lieferung.

Nachdem die Bierfässer im Keller lagen, stellte der Mann jedem der beiden Kutscher ungefragt ein großes Glas Bier auf den Tisch, an dem Oskar den Lieferschein schrieb.

Wenn der „Goldene Anker" als Kaschemme durchging, war es nicht falsch, die Gaststätte „Zur letzten Heuer" als Spelunke zu bezeichnen.

Ähnliches Interieur, ähnliche Gäste, nur alles noch abgerissener. Auf einer kleinen Tanzfläche bewegten sich drei Paare die sich gegenseitig stützten mussten, um nicht umzufallen. Und über allem hing der Dunst von Bier, Schnaps und Zigarren.

„Klar, so etwas gibt es bei euch im Düvelsmoor nicht", meinte Oskar, der Georgs Blick sah.

Mit leeren Fässern und anderem Leergut als Ladung und der Aussicht auf eine gut gefüllte Raufe trabten die Hannoveraner sehr munter in Richtung Brauerei zum heimischen Stall. Es dämmerte schon und die ersten Gaslaternen wurden angezündet. Georg konnte die Zügel locker halten.

Oskar kam noch einmal auf die Gäste in den Schankwirtschaften zu sprechen:

„Wir dürfen diesen Leuten keinen Vorwurf machen. Du musst berücksichtigen, dass Seemänner nach langer Fahrenszeit mit der Heuer in der Tasche Nachholbedarf haben. Und dann sind da noch Fischer, die ihre nach einem guten Fang berechnete Beteiligung verjubeln."

Die von Oskar ausgesprochene Warnung: „Trink nicht soviel Bier", beherzigte Georg nicht. Er trank nach jeder Belieferung eines Gastronomiebetriebes und abends noch als Gast in verschiedenen Kneipen. Bevorzugt in Else Senkstakes Kaschemmen.

Als Else einmal im „Goldenen Anker" auftauchte, tätschelte sie seine Wangen:

„Ach, unser Träumer ist privat hier."

Sie nannte ihn so, weil er ihr bei seinen Lieferungen im „Hanseatensalon" immer sehr verträumt vorkam.

Oskar wurde krank. Der neue Kollege übernahm nur ungern die Zügel. Er packte aber beim Be- und Entladen kräftig mit an. Georg wurde zum Alleinkutscher. Einige Wochen ging alles glatt. Aber dann kam der Tag, als Georg bei den Lieferungen mehr als üblich trank. Es war der Durst nach einem Abend im „Goldenen Anker". Auf dem Weg in den heimischen Stall gingen die Pferde durch. Erschreckt durch ein flatterndes Hemd, das ihnen von einem Balkon vor die Augen wehte, zogen sie an und waren nicht mehr zu halten. Orientierungslos galoppierten sie über den Bürgersteig, rissen einen Kinderwagen um, schrammten an einer Hauswand entlang und erst dann bekam Georg sein Gespann in den Griff.

Schnell liefen Passanten und Bewohner der Häuser zusammen, um sich das Unglück anzusehen. Während die Kutscher die Pferde beruhigten und das Gespann wieder auf die Pferdestraße lenkten, nahte auch schon ein Wachtmeister.

Nachdem er die Neugierigen mit barscher Stimme fortgescheucht hatte, nahm er alles in Augenschein und sprach anschließend Georg an:

„Schäden hat es nicht gegeben. Der Kinderwagen ist ein Puppenwagen. Der Puppe ist nichts passiert. Aber ich werde Meldung machen müssen."

Nach Aufnahme der Personalien übernahm Georgs Kollege die Zügel für die Heimfahrt.

Als Georg am nächsten Morgen zum Arbeitsantritt im Stall erschien, rief ihn der Stallmeister heran:

„Georg, für dich ist hier Feierabend, du trinkst zu viel. Der Fuhrparkleiter verlangt deine Entlassung. Wenn du immer öfter besoffen mit dem Gespann auf den Straßen der Stadt unterwegs bist, können wir das nicht mehr verantworten. Deine Kollegen haben dich lange genug gedeckt, aber was zu viel ist, ist zu viel. Im Lohnbüro kannst du den letzten Lohn und deine Papiere abholen."

Georg wusste, dass Protest keine Aussicht auf Erfolg haben würde.

Der Stallmeister reichte ihm die Hand:

„Sieh zu, dass du vom Alkohol loskommst."

Georg schlich sich wie ein geprügelter Hund vom Brauereihof zum Lohnbüro.

Mit seinen Papieren und dem Restlohn machte er sich auf den Weg in den „Goldenen Anker".

Als er vor seinem ersten großen Krug Bier saß, wurde er von der Seite angesprochen:

„Na mein Kleiner, so traurig und ganz allein?"

Georg blickte hoch. Ein Mädchen, grell geschminkt aber nicht unhübsch.

„Ich heiße Anke", sagte das Mädchen und setzte sich auf den zweiten Stuhl am Tisch.

Sie streichelte seinen Oberschenkel und fragte:

„Gibst du mir einen Likör aus?"

Georg nickte.

Anke rief die Bestellung zum Zapfer hinüber und fragte Georg:

„Was hast du für Sorgen? Vielleicht kann ich helfen, sie zu vergessen!"

Ankes Hand rutschte auf Georgs Oberschenkel etwas höher.

Die Gaststättentür öffnete sich und Else Senkstake trat ein.

Ein Fischer am Nebentisch sagte laut zu seinen Mitzechern:

„Seht mal, Tittenelse macht die Inspektionsrunde durch ihre Etablissements."

Else ging zum Bierzapfer, sprach mit ihm, blickte in die Runde und sah Georg mit dem Mädchen. Mit ein paar Schritten war sie bei ihm.

„Moin Georg, mein Träumer, die lüttje Deern ist nichts für dich. Du kommst jetzt mit. Bei mir bist du besser aufgehoben."

Sie sagte es in einem autoritären Ton, der keinen Widerspruch duldete.

Zum Zapfer rief sie hinüber:

„Die beiden Getränke übernehme ich!"

Sie verließ mit Georg die Gaststätte.

Auf dem Weg zu ihrer Wohnung, die über dem „Hanseatensalon" lag, fragte sie Georg nach seinem Alter.

„19 Jahre", sagte er.

„Ein Alter, in dem du deine Träume verwirklichen oder aufgeben solltest", meinte Else, als sie die Tür zu ihrer Wohnung aufschloss.

Georg staunte, als er in Elses Wohnzimmer auf dem Sofa saß. Außer den beengten Wohnverhältnissen in den Moorkaten kannte er bisher nur einige möblierte Zimmer, die in Bremen seine Heimstatt waren. Elses Wohnung war äußerst geräumig und sehr elegant eingerichtet.

Nachdem sie Kaffee und eine Dose mit Keksen auf den Tisch gestellt hatte, setzte sie sich zu ihm.

„Nun erzähl mal, was passiert ist."

Georg berichtete von seinem Malheur mit dem Gespannwagen und von seiner Entlassung.

„Dass die Pferde scheuten und durchgegangen sind, ist doch nicht deine Schuld", sagte sie tröstend und goss Kaffee nach.

Else überlegte laut:

„Vielleicht kann ich etwas für dich tun. Am Stammtisch unten im „Hanseatensalon" trifft sich regelmäßig eine Runde Herren, die leitende Positionen bekleiden. Darunter ist Jan Wischhusen, der bei der Bremer Pferdebahn arbeitet. Bei seinem letzten Besuch hörte ich zufällig, dass die Bahn Nachwuchskutscher sucht. Die Verkehrswege der Pferdebahn werden ausgeweitet. Ich werde mal mit ihm sprechen."

Dabei rückte sie näher an Georg heran.

Fröhlich verließ Georg nach drei Stunden Elses Wohnung. Zwei Tage später bekam er von Else Senkstake den Bescheid, sich bei Herrn Wischhusen vorzustellen. Neben zwei weiteren Bewerbern wurde Georg von der Großen Bremer Pferdebahn als Nachwuchskutscher eingestellt.

Sein im Einstellungsgespräch vorgebrachter Hinweis, dass er schon einige Erfahrungen als Kutscher habe, und er deshalb nicht mehr im Nachwuchsbereich eingesetzt werden müsse, sei nicht ausreichend.

„Fahrgäste ohne Gefahr für Leib und Leben sicher durch den Stadtverkehr zu bringen, erfordert ungleich mehr Verantwortung, als Bierfässer zu den Kneipen zu transportieren", sagte der Personalleiter.

Vor dem Einstellungsgespräch hatte Else ihn mit einer fast neuen Jacke ausgestattet:

„Von meinem verstorbenem Mann. Etwas altmodisch aber damit siehst du ordentlich aus. Passt sehr gut."

Eine kaum getragene Hose fand sich auch noch.

Und nicht nur das. Georg, der über seine üble Behausung klagte, bekam von ihr die ausgebaute Dachkammer über ihrer Wohnung zugewiesen. Bett, Schrank, Tisch, zwei Stühle, Toilette und ein separater Eingang an ihrer Wohnung vorbei.

„Und die Miete?", fragte Georg.

„Darüber sprechen wir, wenn du deinen ersten Lohn bekommen hast."

Georg fühlte sich wie im siebten Himmel und reduzierte seinen Bierkonsum bis auf das eine oder andere Feierabendbier. Das auf Elses eindringliche Forderung.

Es lief lange sehr gut für Georg. Er wurde schnell vom Nachwuchskutscher zum verantwortlichen Gespannführer befördert.

Die Große Bremer Pferdebahn wurde von der Bremer Straßenbahn AG übernommen und damit auch elektrifiziert. Kutscher und Pferde wurden von da an nicht mehr benötigt.

Auf einer Betriebsversammlung wurden den jetzt überflüssigen Kutschern Stellen als Ritzenschieber bei der Elektrischen angeboten.

„Ritzenschieber?", fragte Georg einen neben ihm stehenden Kollegen.

Der konnte es ihm erklären:

„Das sind ungelernte Arbeiter, die alle Schienen der Straßenbahnen sauber halten müssen. Mit einem Stab, an dem eine kleine Schaufel befestigt ist, entfernen sie den in den Schienen angesammelten Schiet und Dreck. Sie schieben das Ding immer in den Ritzen entlang und der ganze Schmutt fliegt 'raus."

„Nichts für mich", dachte Georg und verließ die Versammlung um sich erst einmal ein Bier zu gönnen.

Als er abends die Treppe zu seinem Dachzimmer hoch stolperte, fing Else ihn vor ihrer Wohnzimmertür ab.

„Was ist los?", fragte sie.

Georg informierte sie mit schwerer Zunge über die neue Situation.

Statt ihn mit Vorwürfen zu überhäufen, versuchte Else ihn mit Sachargumenten zu überzeugen, die angebotene Arbeit anzunehmen.

„Nee, das mache ich nicht, Ich bin Kutscher und kein ungelernter Arbeiter."

Else hielt dagegen:

„Kutscher werden bald überhaupt nicht mehr gebraucht. Carl Benz hat im letzten Jahr sein erstes Serienmobil auf den Markt gebracht. Menschen und Waren werden zunehmend mit Autos befördert."

„Aber Ritzenschieber? Da schiebe ich lieber wieder Schichten im Hafen."

Der neu entflammte Ärger musste herunter gespült werden. Georg machte auf dem Absatz kehrt und ging die Treppe wieder hinunter.

Else versuchte nicht, ihn aufzuhalten.

Im „Goldenen Anker" hielt sich heute keiner seiner Zechkumpanen auf. Gern hätte Georg sich im Kreis von Gleichgesinnten über sein schweres Schicksal beklagt. Drei Skatspieler waren mit ihren Karten beschäftigt und die anderen Gäste setzten sich aus zahllosen Greisen und weiblichen Vogelscheuchen zusammen. Alles keine Gäste, mit denen er bei einem Bier über seine Sorgen sprechen konnte. So setzte er sich allein an einen Tisch und bedeutete dem Zapfer mit Handzeichen, ihm ein Bier einlaufen zu lassen.

Die Tür zu den Toilettenräumen öffnete sich und heraus trat Anke, das grell geschminkte Mädchen, das sich schon einmal an seinen Tisch gesetzt hatte.

Sie erkannte Georg und setzte sich unaufgefordert an seinen Tisch.

„Wieder mal Sorgen?", fragte sie.

Als er nicht reagierte, wurde sie deutlicher:

„Wieder mal Ärger mit Tittenelse, der alten, abgetakelten Fregatte?"

„Das auch. Aber nicht nur!"

„Was denn sonst noch? Erzähl doch mal. Aber vorher kannst du mir einen Likör spendieren."

Sie gab dem Mann hinter der Theke ein Zeichen und mit dem inzwischen gezapften Bier brachte er ein kleineres Glas mit einem öligen Likör an den Tisch.

Georg war froh, dass er mit jemanden über seine beruflichen Probleme sprechen konnte. Die gut gebaute Anke gönnte ihm dabei tiefe Einblicke in ihren ausgeschnittenen Pullover und beschränkte sich darauf, hin und wieder zustimmend zu nicken. Zwischendurch wurden ihre Gläser immer wieder vom aufmerksamen Zapfer gefüllt.

„Du gefällst mir", sagte Anke. „Bei dir würde ich es umsonst machen. Was Tittenelse mit dir anstellt, kann ich viel besser. Ich habe mein Zimmer in der Nähe. Die Zeche übernimmst du doch?"

Georg nickte.

Er zahlte und mit leichter Schlagseite schaukelten sie aus dem „Goldenen Anker".

Am nächsten Vormittag stellte Else ihn zur Rede:

„Gestern Abend, auf meiner Kontrollrunde ist mir gesteckt worden, dass du es mit Anke, diesem kleinen Flittchen getrieben hast. Das billige Parfüm hängt ja immer noch in deiner Kleidung und hier im Flur riecht es wie in einem Puff."

Georg gab sich zerknirscht.

Elses goldenes Herz verzieh ihm:

„Du hast es eigentlich nicht verdient. Es gibt eine letzte Chance für dich. Gestern im „Hanseatensalon" habe ich am Stammtisch mit einem Gast, der in gehobener Stellung im Hafen arbeitet, gesprochen. Er schuldet mir noch einen Gefallen. Du könntest vielleicht im Überseehafen als Lienensmieter arbeiten."

„Lienensmieter?", fragte Georg.

Else war erstaunt:

„Als Moorbauernsohn musst du das nicht wissen. Aber du hast doch schon im Hafen gearbeitet und Platt schnackst du doch auch. Das sind Leinenwerfer oder richtig Festmacher. Die großen Pötte müssen mit Trossen an den Pollern am Kai festgemacht werden."

Georg wusste, dass er zustimmen musste. Else war ihm immer eine große Hilfe gewesen, wenn er mal wieder auf der Straße stand. Und er wusste auch, dass sie es mit der letzten Chance ernst meinte.

Georg arbeitete als Festmacher. Die großen Überseedampfer, die mit Fracht aus Batavia, Shanghai, Rio, New York und anderen Hafenstädten im Bremer Überseehafen einliefen, wurden von Georg und seinen Kollegen am Kai sicher vertäut. Zuerst wurde einem Decksmann auf dem einlaufenden Schiff die leichte Wurfleine hinüber geworfen. Anschließend musste die daran befestigte Trosse herangezogen werden und sie wurde fachgerecht am Poller festgemacht. Bei der Abfahrt hieß es dann losbinden. Georg begriff schnell den Unterschied zwischen Wurfleinen, Festmacherleinen und Trossen. Auch die verschiedenen Knoten wie „Halber Schlag", „Achtknoten", „Palstek" und den „Doppelten Palstek" lernte er. Streng beachtete er die Hinweise des Vorarbeiters, der ihn eingearbeitet hatte. Mit dem wichtigsten Punkt beendete der Mann seine Einweisung:

„Beim Ablegemanöver eines Seeschiffes darf dir die Leine keinesfalls entgleiten. Wenn sie ins Wasser fällt wird sie von der Schraube angesaugt. Die plötzlich straff werdende Leine kann Menschen vom Kai ins Wasser reißen. Und was eine Leine in der Schiffsschraube anrichtet, muss ich wohl nicht näher erläutern. Und dann gibt es noch plötzlich auftretende Fallwinde, die das Heck oder den Bug des Schiffes von der Pier wegdrücken. Damit musst du immer rechnen."

Der neue Arbeitsplatz gefiel ihm. Besuche im „Goldenen Anker" mied er. Doch ein Feierabendbier mit Kollegen gönnte er sich.

Aber der Teufel Alkohol ließ sich nicht vertreiben. Langsam und schleichend kam er wieder. Zuerst wurden aus dem einen Feierabendbier mehrere Gläser und irgendwann kamen auch Schnäpse dazu.

Als zwei Kollegen vorschlugen, das Feierabendbier im „Goldenen Anker" zu trinken, sagte er nicht nein. Es wurde eine fröhliche Runde, bis die beiden Kollegen sich verabschiedeten. Georg blieb und trank weiter.

Am nächsten Morgen wurde er für die Arbeit an einem nordamerikanischen Dampfer eingeteilt. Die „Houston" brachte Baumwollballen. Nach dem Löschen der Fracht musste sie pünktlich ablegen um Antwerpen anzulaufen um Waren für Amerika aufzunehmen.

Am Bug des einlaufenden Schiffes passierte es. Georg schleuderte die Wurfleine mit viel zu viel Schwung zum amerikanischen Decksmann hinüber, so dass er dabei ins Straucheln geriet, stürzte, mit dem Kopf gegen einen Poller schlug und besinnungslos zwischen Kaimauer und Schiff ins Hafenbecken fiel.

Zwei vorbeikommende Stauer reagierten schnell. Mit Hilfe des am Heck beschäftigten Kollegen von Georg, der schnell herbei eilte, schafften sie es, ihn auf das Kaipflaster hochzuhieven, bevor er von der anlegenden „Houston" an der Kaimauer zerdrückt wurde.

Die Diagnose im Hafenkrankenhaus lautete:

„Kopfplatzwunde, schwere Gehirnerschütterung und ein gebrochener Arm."

Außerdem wurde dem ermittelnden Beamten der Hafenbehörde mitgeteilt, dass der Patient mehr Alkohol als Blut in seinen Adern gehabt habe.

Georg verließ das Krankenhaus nach drei Tagen auf eigene Gefahr. Er brauchte unbedingt einen ordentlichen Schluck.

Nachdem sein erster Durst gestillt war, machte er sich mit einem unguten Gefühl auf den Heimweg.

Mit einem Verband um den Kopf, der wie ein Turban wirkte, und dem linken Arm in einer Schlinge stand er wie ein Häufchen Elend vor Else und wartete auf das Gewitter. Und es kam mit Blitz und Donner:

„Mein lieber Georg, ich habe dir immer geholfen. Auch wenn einiges auf deinen Arbeitsstellen unglücklich gelaufen ist, durch deine Sauferei liegt die Schuld für die Entlassungen zum größten Teil an dir selbst. Ich weiß, dass mir ein goldenes Herz nachsagt wird, aber jetzt ist Schluss damit. Ich kann jetzt nichts mehr für dich tun. Am Stammtisch im „Hanseatensalon" wird schon darüber gerätselt, was für einen Narren ich an dir gefressen habe. Als Geschäftsfrau, die auf ihren guten Ruf achten muss, kann ich mir weitere Saufeskapaden von dir nicht leisten."

Else holte einmal tief Luft und beendete nach einer kleinen Pause ihr Gewitter mit einem Donnerschlag:

„Ich gebe dir zwei Wochen. Zeit genug, eine Arbeitsstelle zu suchen und deine Habseligkeiten aus dem Zimmer zu räumen. Sieh zu, dass du mit der elenden Trinkerei aufhörst und endlich erwachsen wirst."

Ihr gemeinsamer Traum von einer eigenen Ranch war Wirklichkeit geworden. Etwas später als gedacht, denn Bill Cody bat sie, noch eine weitere Showsaison zur Verfügung zu stehen. Auch die schwangere Talutah sträubte sich nicht. Kurz nach Mato Johns Geburt saß sie schon wieder auf ihrem Showpferd. Während der Vorstellungen kümmerte sich Nahimana, die für die Garderobe der Showmitglieder verantwortlich war, um das Kind. Die ältere Sioux ging mit ihnen auf die Ranch. Sie tauschte das unstete Leben als Mitglied der Wild West Show gern als Mädchen für Alles auf der Ranch ein.

Zuerst musste Claus Diedrich erkennen, dass es bei der harten Arbeit auf der Ranch mit der Cowboyromantik nicht weit her war. Er stand jeden Tag früh auf. Genau wie früher im Teufelsmoor. Es waren lange Arbeitstage, an denen Zäune gezogen und repariert werden mussten. Wasserstellen wurden eingerichtet, und regelmäßig inspiziert. Dabei musste er täglich nach dem Vieh sehen. Krankheiten und Geburten mussten kontrolliert werden. Zusätzliche Stallungen, eine Scheune und die Halle für Landmaschinen wurden gebaut.

Talutah war ihm bei allen Arbeiten eine große Hilfe.

Mato John war inzwischen sechs Jahre alt. Seine Mutter

Talutah war gerade 36 Jahre alt geworden Und Claus Hinrich, der älteste der drei Brüder aus dem Teufelsmoor feierte seinen 38jährigen Geburtstag. Weil Claus längst eingebürgert war und die amerikanische Staatsbürgerschaft besaß, wurde Mato John automatisch als im Land Geborener auch amerikanischer Staatsbürger.

Er besuchte die in der Nähe ihrer Ranch gelegene Missionsschule. Obwohl er schon reiten konnte, brachte Talutah ihn auf ihrem Pferd, auf dem er vor ihr saß, zur Schule und holte ihn nach dem Unterricht wieder ab. Seinen Wunsch, die kurze Strecke allein auf einem Pferd zu reiten, lehnte sie ab.

„Im nächsten Jahr sprechen wir darüber", tröstete sie ihren Sohn.

Da in der Umgebung einige deutsche Siedler mit Kindern lebten und auch seine Eltern deutsch und englisch sprachen, wuchs Mato John, der inzwischen Jonny gerufen wurde, zweisprachig auf. Wegen seines leicht indianischen Aussehens kam es vor, dass Mitschüler ihn „Jonny, den Indianer" nannten.

Er war ein aufgewecktes Kind und konterte solche Bemerkungen:

„Ich bin Amerikaner. Mein Vater und seine Vorfahren sind Leute aus dem Teufelsmoor bei Bremen. Meine Familie stammt aus Old Germany wie so viele hier in der Gegend."

Fragen nach seiner Mutter beantwortete er etwas knapper, aber auch sehr selbstbewusst:

„Meine Mutter ist eine Häuptlingstochter der Sioux."

In diesem Jahr erzählte Talutah Mato John ihre Lebensgeschichte in Kurzfassung. Mit seinen sechs Jahren war er schon aufnahmefähig für die nicht so erfreulichen ersten Kindheitserlebnisse seiner Mutter:

„Ich kam im Wigwam meiner Mutter zur Welt. Mein Vater, der Sioux-Häuptling Black Horse, war mit seinem Stamm auf der Bisonjagd. Eine der Frauen unseres Stammes war bei meiner Geburt dabei. Sie sagte `Talutah`, als sie mich in die Arme meiner Mutter gab. Übersetzt heißt das `Blutrot`. Meine Mutter fand den Namen schön."

„Ich auch!", sagte Mato John.

Seine Mutter erzählte weiter:

„Als mein Vater von der Jagd kam, fand er den Namen auch prima. So hat es meine Mutter erzählt.

Wir zogen durch die Prärie, immer den durch die weißen Eindringlinge stark dezimierten Herden der Bisons hinterher. Die Tiere waren unsere Lebensgrundlage. Sie lieferten uns die Häute für die Bedachung unserer Wigwams, das Material für Bekleidung und Mokassins und auch für die Nahrung. Neben den Bisons wurden von den Männern unseres Stammes auch Gabelböcke und Wapitihirsche gejagt.

In den Sommermonaten ernteten meine Mutter und die anderen Frauen unseres Stammes wild wachsendes Obst und Früchte wie Erdbeeren, Kirschen und Pflaumen. Aus dem Saft des Eschenahorns wurde Sirup bereitet."

„Kenne ich doch", sagte Mato John. „Du hast es doch auch schon einmal gemacht."

„Stimmt, du warst noch klein und mochtest es nicht. Seitdem habe ich keinen Sirup mehr zubereitet."

„Erzähle doch weiter", bat Mato John.

„Die Nahrung wurde immer knapper, weil unsere Stämme immer weiter in die unfruchtbaren Gegenden zurück gedrängt wurden. Im Jahr 1876, als ich zehn Jahre alt war, schlossen sich die verschiedenen Siouxstämme zusammen, um gegen dieses Unrecht zu kämpfen. So kam es zur Schlacht am Little Bighorn, bei der das siebte US-Kavallerie-Regiment von den Sioux fast vollständig vernichtet wurde. Es war der letzte große Sieg meiner Vorfahren gegen die weißen Eindringlinge.

Anschließend vertrieben Tausende zusätzlicher Soldaten fünfundzwanzigtausend Sioux in ein Reservat. Aber das erlebte ich nicht mehr. Mein Vater wurde durch Mitglieder des Kavallerie-Regiments im Kampf getötet. Als wir hörten, dass Soldaten sich unserem Wigwam näherten, stieß meine Mutter mich in eine Ecke, warf ein Bisonfell über mich und stellte sich schützend vor unser Heim. Ich machte mich ganz klein. Dann hörte ich mehrere Schüsse. Ich weiß nicht mehr, wie lange ich unter dem Fell lag. Irgendwann wagte ich mich hinaus. Die Soldaten waren längst abgezogen und ich sah meine Mutter auf dem Boden in einer Blutlache liegen. Ich zitterte, war total verwirrt und wollte Hilfe holen, obwohl ich wusste, dass meine Mutter tot war.

Dann tauchten einige Siedler auf. Darunter auch das Ehepaar zu dem du jetzt Oma und Opa sagst. Sie nahmen mich an die Hand und zogen mich fort. So bin ich zu meinen neuen Eltern gekommen."

Mato John hatte atemlos, ohne seine Mutter noch einmal zu unterbrechen, zugehört.

„Was war am Wounded Knee, ich habe von Klassenkameraden davon gehört?", fragte er.

Talutah machte es kurz:

„Du meinst das Massaker. Ich war schon mit deinem Vater auf Tournee mit der Wild West Show und habe darüber gelesen. Im Jahr 1890 haben Kavalleristen mitten in der Prärie das Lager der Sioux in South Dakota am Fluss Wounded Knee eingekesselt. 350 Menschen, darunter waren viele Frauen und Kinder. Als die Soldaten der siebten US-Kavallerie den Sioux befahlen, ihre Gewehre abzugeben, weigerten sie sich. Darauf begannen die Soldaten mit Repetiergewehren und Artillerie zu feuern. Ohne Gnade schossen sie auf Frauen, Kinder und Männer. Hunderte von Sioux ließen ihr Leben. Damit war das Schicksal meines Volkes endgültig besiegelt."

Zu ihrer Ranch gehörten Ackerland für den Getreideanbau und Weideland für ihre Rinderherde und die Pferde. Auf einer Koppel wurden die wilden Mustangs von Talutah eingeritten. Eine Schar Hühner, Gänse, Enten und Truthähne sorgte für Abwechslung auf dem Mittagstisch. Nahimana war für die Schlachtung, das Rupfen der Federn und die Zubereitung des Essens zuständig.

An seinem siebten Geburtstag gab es für Mato John eine große Überraschung: Ein New-Forest-Pony. Einen kräftigen Hengst.

„Es ist ein Reitpony und ausgewachsen. Die gutmütige und sehr anspruchslose Rasse stammt aus Südengland.

Englische Einwanderer haben Zuchtstuten eingeführt. Du musst ihn nur noch zureiten", erklärte ihm sein Vater.

„Dann kann ich allein damit zur Schule reiten?"

„Ja, natürlich. Du musst ihm noch einen Namen geben." Mato John überlegte.

„Da er fast schwarz ist, könnte er doch den Namen meines Großvaters Black Horse bekommen. Oder einfach nur Blacky.

„Es ist jetzt dein Pferd. Du kannst es entscheiden."

„Gut. Dann soll er Blacky heißen."

Mato John war glücklich. Die Eltern hatten seinen größten Wunsch erkannt. Blacky und Mato John wurden unzertrennlich. Das ging soweit, dass er die ersten Tage bei seinem Pferd im Stall schlief. Wenn sie von der Schule kamen, Blacky abgerieben war und Futter in seiner Raufe lag, stellt Nahimana das vorbereitete Essen für Mato John auf den Tisch.

Nach dem Verzehr schwang er sich wieder auf den Rücken seines Pferdes, um seinen Eltern, die auf ihren Äckern oder Weiden bei der Arbeit waren, das Mittagessen zu bringen.

Es kam der Tag, an dem Claus eine Rumpelecke im Haus aufräumte. Er öffnete einen alten Koffer aus seiner Zeit als Westernreiter in der Buffalo Bill Show. Alles alte Dinge, die entsorgt werden konnten.

Er zog gerade ein zusammen gerolltes Plakat hervor und entrollte es, als Mato John dazu kam. Vater und Sohn blickten auf den Text und die abgebildeten Reiter.

„Claus Garbaden, der Teufelsreiter aus dem Teufelsmoor", las Mato John, der die Showgeschichte seines Vaters kannte, laut vor.

„Wieso Teufelsmoor? Du sprichst doch sonst immer vom Düvelsmoor."

Düvelsmoor ist plattdeutsch mein Sohn. Im Moor, wo ich aufgewachsen bin, und überhaupt auf dem Land in Norddeutschland wird Plattdeutsch gesprochen. Nur in den Städten und größeren Orten sprechen die Leute Hochdeutsch."

„Plattdeutsch kenne ich auch. Einige meiner Klassenkameraden sprechen es."

Mato John blickte noch immer auf das Plakat, das sein Vater offen in den Händen hielt.

„Vielleicht werde ich auch einmal ein Teufelsreiter. Einige Stunts habe ich mit Blacky schon trainiert."

Bevor Mato John ein Teufelsreiter werden konnte, musste er erst einmal die Schule bis zum Abschluss besuchen. Daneben half er seinem Vater, der ihn nicht überforderte, bei leichten Arbeiten auf der Ranch. Er wusste aus den Erzählungen seines Vaters, dass die Kinder der Bauern im Teufelsmoor tüchtig mitarbeiten mussten. Es machte ihm großen Spaß, mit seinem Vater zusammen einen Teich für ihre Gänse und Enten auszuheben. Noch spannender fand er es, ihre Rinder und Pferde auf noch nicht abgegrastes Weideland zu treiben.

Manchmal ging er mit seinem Freund Bob zum Angeln. Bei sehr großem Glück konnte Nahimana eine Fischmahlzeit für die ganze Familie zubereiten.

Bob war ein Freund seit seiner Einschulung. Sie saßen zusammen und heckten Jugendstreiche aus. In einer Unterrichtspause geriet Mato John mit Rhett, einem Klassenkameraden aneinander. Rhett, der älter, größer und stärker als Mato John war, beschimpfte ihn als üblen Indianer, der genau so wenig wert sei wie ein Nigger. Ein Wort gab das andere und die sich daraus ergebende Keilerei wurde von Bob beendet. Er ging dazwischen und trennte die Kontrahenten. Auch ihr Lehrer war inzwischen hinzu gekommen, und er ließ sich die Ursache des Streits schildern.

In der nächsten Unterrichtsstunde erzählte er seinen Schülern, dass die schwarzen Mitbürger während der Sklaverei mit ihrer Fronarbeit auf den Baumwollfeldern den Platagenbesitzern zu Wohlstand und Reichtum verhalfen.

„Ohne den Bürgerkrieg, der ihnen die Befreiung brachte, müssten sie noch immer als unbezahlte Arbeitssklaven auf den Feldern arbeiten."

Der Lehrer blickte Rhett an:

„In Zukunft möchte ich solche Äußerungen nicht mehr von dir hören."

Auf der Schulabschlussfeier ihres Jahrgangs trat Rhett, mit dem es während der Schuljahre immer mal wieder üble Kabbeleien gab, an Mato John heran.

Mato Johns ewiger Kontrahent war inzwischen zu einem dicklichen, käsigen Jüngling herangewachsen, und musste etwas loswerden:

„Mein Großvater hat auf der Seite der Konföderierten gegen die Abschaffung der Sklaverei gekämpft. Mein Vater gehört der nationalen Bewegung des Klu-Klux-Klans an, der die Überlegenheit der Weißen auf seine Fahnen geschrieben hat. Die Männer kämpfen für die Reinheit des Blutes der weißen Rasse. Dich werden sie auch noch kriegen und dann bist du dran!"

Bob, der neben Mato John stand, zog ihn fort:

„Komm, bevor er noch ausfallender wird. Lass diesen Idioten quatschen wie er will. Einem solchen Schwachkopf kannst du mit vernünftigen Argumenten nicht begegnen."

ACHT JOHANN 2007 - 2017

Johann, der jüngste der drei Brüder, verließ als letzter von ihnen das Teufelsmoor. Nach dem Tod seines Vaters war er bis zum Jahre 1906 als Kutscher für den Landkreis Worpswede tätig. Jetzt bewarb er sich beim Amt für Kanalisation und Abfuhrwesen der Freien Hansestadt Bremen. Johann hatte Glück. Die Behörde stellte ihn als Kutscher für ihre Aschenwagen ein. Da die Öfen und Kochherde in den Bremer Häusern überwiegend mit Torf und Kohle beheizt wurden, fiel reichlich Asche an, die in feuerfesten Metallbehältern an den Abfuhrtagen an die Straßen gestellt wurden.

Während Johann auf dem Bock saß und die Zügel der beiden kräftigen Belgischen Kaltblutpferde hielt, leerten zwei Kollegen die Ascheneimer in die Luken des sonst geschlossenen Wagens.

Von den Pferdeställen an der Schlachthofstraße im Findorffviertel verlief die Route durch das großbürgerliche Schwachhausen und das ländliche Oberneuland. Am nächsten Tag wurden die westlichen Stadtteile wie Findorff, Utbremen, Walle und Gröpelingen angefahren.

In der Neukirchstraße wurden Erinnerungen in Johann wach. Hier lag der Torfhafen mit den Kähnen der Moorbauern, die in den Straßen der Stadt mit ihren Torfwagen unterwegs waren. Etwas wie eine leichte Freude kam hier manchmal in ihm auf. Seine jetzige

Arbeit war doch erfreulicher als die schwere Schufterei der Torfbauern.

Durch die vielen gastronomischen Betriebe in der Neukirchstraße war die Menge der anfallenden Asche besonders hoch. Hier wurde auch Pause gemacht. Während die Männer in der Gaststätte bei einem Glas Bier ihre mitgebrachten belegten Brotschnitten aßen, mümmelten draußen die beiden Pferde eine Portion Hafer aus ihren umgehängten Futtersäcken.

Einer der Kutscherkollegen, der von einem Bauernhof in Borgfeld stammte, bekam von seinem älteren Bruder, dem Hoferben, die Familienkutsche für eine Ausflugsfahrt zur Verfügung gestellt. Vier Kollegen, die auch zu Freunden geworden waren, machten an einem heiteren Sonntag eine Fahrt ins Oldenburgische. Die leichtläufige Kutsche wurde von zwei Holsteinern gezogen, die an anderen Tagen zur Kirche oder auch zu Familienfeiern in die Nachbardörfer gelenkt wurde.

In Ganderkesee wurde an einem Wirtshaus gehalten und Rast gemacht. Die Männer, die durch ihre staubige Arbeit immer durstig waren, brauchten etwas Flüssiges für ihre durstigen Kehlen. Die Pferde wurden versorgt und die Kollegen tranken Bier und aßen einen Happen. Bald war nicht nur das Wetter heiter, sondern die vier Männer waren in ausgelassener Stimmung.

Die Fahrt ging weiter in Richtung Oldenburg. Als sie auf der Einfallstraße größere Menschenansammlungen sahen, wurden sie von einem Schutzmann angehalten. Johann, der nach der Rast die Zügel übernommen hatte, fragte:

„Was ist los?"

„Rechts ran fahren und anhalten bis der Großherzog vorbei ist", bellte der Wachtmeister.

Johann kam dem strengen Befehl nach. Vor der Kutsche sammelten sich schnell Schaulustige. Darunter auch eine Gruppe junger Frauen. An ihren Schürzen und den weißen Häubchen war unschwer zu erkennen, dass sie in Haushalten besser gestellter Bürger arbeiteten. Bald flogen flapsige Bemerkungen zwischen den jungen Kutschern und den Deerns aus Oldenburg hin und her. Besonders eine hübsche Dralle gefiel Johann gut. Schnell gab er die Zügel seinem neben ihm sitzenden Freund, sprang vom Bock und gesellte sich zu den jungen Frauen.

Sie hieß Sophie und erzählte ihm, dass sie von ihren Herrschaften frei bekommen hätten, um den Großherzog von Oldenburg und seine Gemahlin mit ihrem Gefolge bei ihrem Defilee zu sehen. Es müsste bald soweit sein.

„Hier im Gewühl habe ich leider nur eine schlechte Sicht. Von dort oben könnt ihr alles viel besser sehen", meinte sie.

„Das können wir ändern", sagte Johann. „Komm mit auf den Bock."

Sophie zierte sich etwas, war aber von Johanns Idee begeistert.

Er griff mit beiden Händen um ihre Taille, hob sie hoch und rief seinen Freunden zu: „Rückt mal etwas!"

Auf dem Bock drückte Sophie sich an ihn, und es dauerte nicht lange, bis Reiter in bunten Uniformen und herausgeputzten Pferden vorbei tänzelten. Anschließend ging ein Raunen durch die Menge, das zu Beifall wurde, als die glänzende, offene Kalesche in Sichtweite kam. Darin saßen der Großherzog in Uniform und seine Gemahlin in kostbare Gewänder gekleidet, mit einem Wagenrad großen dunklen Hut mit heller Krempe auf dem hoch erhobenem Haupt. Die vierspännige Kutsche wurde von prächtigen Schimmeln gezogen. Huldvoll grüßte das großherzogliche Paar nach allen Seiten und sonnte sich in den glänzenden Augen seiner Untertanen. Die Gruppe der Oldenburger Deerns war hin und her gerissen. Besonders Sophie, die sich begeistert immer enger an Johanns Seite drückte. Das wiederum gefiel Johann.

Sophie und Johann wurden ein Paar. Sie gab ihre Stellung bei einem Juristen, der als Richter am Landgericht in Oldenburg arbeitete, auf und ging bei einem Bremer Reeder mit einer Villa in Schwachhausen in Stellung. Sie führte den Haushalt der Familie, die aus dem Reeder, seiner Gattin, den drei Kindern und einem großen Hund bestand.

Das Amt für Kanalisation und Abfuhrwesen musste die Position eines Stallmeisters neu besetzen. Der ältere Kollege ging in den Ruhestand. Johann wurde vom Kutscher zum Stallmeister befördert und war jetzt für das Wohlergehen der 26 belgischen Kaltblutpferde, die als Zugtiere der Aschenwagen im Einsatz waren, verantwortlich.

Ein Nebenraum im Stall war so etwas wie ein Tierasyl für verletzt aufgefundene Greifvögel, Schwäne, Enten, Eichhörnchen und alles, was da kreucht und fleucht. Auch darum musste Johann sich kümmern. Bei den regelmäßigen Besuchen des Tierarztes im Pferdestall sah der auch nach den Fundtieren, behandelte sie und gab Johann Hilfe und Ratschläge für deren weitere Pflege. Im Aufenthaltsraum der Kutscher stand ein Bullerofen, auf dem der Stallmeister und die Gehilfen sich ihr mitgebrachtes Mittagessen aufwärmen konnten. Die Frau eines in der Nähe wohnenden Gehilfen nutzte die Gelegenheit, dort täglich das Essen für ihre Familie zu kochen. So sparte sie die Kosten für Koks und Backtorf für den heimischen Herd.

Nach der Beförderung konnten Johann und Sophie an Heirat denken. Im Bremer Findorffviertel wurden gerade neue Ein- bis Zweifamilienhäuser gebaut. Angestellte im Öffentlichen Dienst konnten günstige Darlehen in Anspruch nehmen. Mit etwas zusätzlichem Eigenkapital war der Kauf des Hauses zu bewerkstelligen. Eines der Zimmer wollten die Beiden an einen „Möblierten Herrn" vermieten, um so ihre finanzielle Belastung zu verringern.

Die Darlehen wurden nur an junge Familien vergeben. Johann und Sophie, die jeden Pfennig zweimal umdrehten, heirateten ohne große Feier in kleinem Kreis und wurden im Jahre 1907 glückliche Eigenheimbesitzer in der Falkenberger Straße.

Die Neubauten lagen in ruhigen Seitenstraßen. Mit einem Vorgarten und dem Hinterhof, auf dem ein Garten angelegt oder ein Stall für Kaninchen oder Federvieh gebaut werden konnte.

Im Erdgeschoss lagen Küche, Schlafzimmer und die gute Stube, die nur zu Ostern, Weihnachten und an anderen Festtagen wie Konfirmationen genutzt wurde.

Im Obergeschoss gab es drei Zimmer. Eines davon wurde vermietet. Der Dachboden war nicht ausgebaut und konnte als Abstellraum genutzt werden. In den Keller führte außer der Treppe im Inneren des Hauses auch vom Bürgersteig aus ein Zugang mit einem separaten Eingang. Hier unten gab es Toilette, Waschküche, Kartoffelkeller und einen weiteren Raum, in dem Backtorf und Koks gelagert wurden.

Die Einkellerungskartoffeln kaufte Sophie von Heidebauern, die mit ihren Gespannwagen durch die Straßen zogen und ihre verschiedenen Sorten wie Sieglinde, Agria und Linda nur säckeweise anboten. Die Menge für ein Jahr konnte sie somit zu einem günstigen Preis einkaufen.

Von der Waschküche mit dem beheizbaren Wäschebottich ging es in den Hinterhof. Hier hielt Johann Kaninchen und Hühner, die er regelmäßig schlachtete. Sie waren für Sophies Küche an Sonn- und Feiertagen eine Bereicherung.

Nach dem Einzug in das neue Heim machte Johann sich lange Gedanken darüber, wo ein passender Platz für Otto Modersohns Skizze „Moorbauernjunge an der Hamme" sein könnte. Bei seinen Umzügen war die inzwischen wieder geglättete Arbeit des berühmt gewordenen Künstlers wie ein Augapfel von ihm behütet worden. Schließlich bekam die Skizze einen Platz an der Wand über einem kleinen Schrank in der guten Stube.

Viele der Neu-Findorffer besaßen ein Stück Pachtland, fußläufig oder mit dem Fahrrad zu erreichen. Eine Parzelle, auf der ausschließlich Obst und Gemüse für die heimische Küche angebaut wurde. Johanns Garten lag am

Bescheinigung der Eheschließung.

№ 654

Zwischen dem _Küfer Johann Garbaden,_

evangelischer Religion, wohnhaft in _Bremen_

und der _Sophie Catharine Bischoff,_

evangelischer Religion, wohnhaft in _Bremen,_

ist vor dem unterzeichneten Standesbeamten heute die Ehe geschlossen worden.

Bremen am _11 ten_ _Mai_ 190_7_

Der Standesbeamte.

[Unterschrift]

Getraut den 11. Mai 1907
_[...] 103_

Heirat von Johann Garbaden und Sophie Bischoff

123

Utbremer Ring. Eine 800 qm große Parzelle, vor der ein sauberer Bach voller Kammmolche verlief. Nach der Ernte wurde das, was nicht gleich verbraucht wurde, von Sophie in Gläsern eingeweckt und im Kartoffelkeller auf Regalen abgestellt. Durch ihre Stachelbeersträucher, Himbeer- und Bromberbüsche war somit auch eine leckere Nachspeise für den ganzen Winter gesichert. Ein Parzellennachbar baute sich einen Taubenschlag. Er züchtete in seiner Freizeit die „Rennpferde des kleinen Mannes": Brieftauben!

Die Familienväter in den Nachbarhäusern waren solide Handwerksmeister oder verdienten ihr Geld auf Werften oder in den bremischen Häfen. So war ihr unmittelbarer Nachbar an der rechten Seite Bergungstaucher. Der musste bei Schiffshavarien oder Reparaturarbeiten in seinem Taucheranzug unter Wasser arbeiten. Der Nachbar auf der linken Seite arbeitete als Tallymann. Die Männer in den beiden Häusern auf der gegenüber liegenden Seite der Straße waren im Hafen als Lukenvietz und Lienensmieter beschäftigt. Alle halfen mit, als beim Einzug größere Gegenstände bewegt werden mussten. Dabei wurden einige Nachbarn auch zu Freunden.

Der „Möblierte Herr", der im Obergeschoss einzog, arbeitete auf einem in der Wesermündung vor Anker liegenden Feuerschiff. Mit der gleichen Funktion wie ein Leuchtturm warnte es die ein- und auslaufenden Schiffe vor Untiefen und anderen Gefahren. Der Mann war im Wechsel jeweils zwei Wochen im Haus und arbeitete drei Wochen auf dem Schiff.

Insgesamt gab es genug Platz und Raum, um auch mal Überraschungsgäste gut unterbringen zu können. Wenn

Sophies Verwandte aus Oldenburg zu Besuch kamen, mussten sie nicht auf der Besucherritze im ehelichen Schlafzimmer liegen.

Nachdem Johann und Sophie sich in ihrem neuen Heim eingelebt hatten, machten sie an einem Sonntag einen Ausflug nach Worpswede. Sophie wollte die alte Heimat ihres Mannes kennen lernen.

Mit einem Backtorfkahn, der auf der Verkaufs-Rückreise statt Torf nun auch Personen beförderte, ging es vom Torfhafen an der Neukirchstraße über die Wasserwege in das inzwischen bekannte Künstlerdorf. Hier konnte Johann seiner Frau Sophie die Stätten seiner Kindheit zeigen.

Sie spazierten an der Hamme entlang und Johann deutete auf die Stelle am Ufer, an der Otto Modersohn ihn mit ein paar Strichen skizziert hatte. Den Hof seiner Eltern, den jetzt neue Eigentümer betrieben, besuchten sie nicht. Sophie, die Johanns Kindheitserlebnisse längst kannte, verstand das.

Am 19. März 1908 bekamen Sophie und Johann ihr erstes Kind. Ein zartes Mädchen: Marie. Am 12. Juli 1909 wurde Hans, ein kräftiger Junge geboren. Bald wurde dem „Möblierten Herrn", der inzwischen vom Feuerschiff auf den Leuchtturm Roter Sand als Leuchtturmwärter versetzt worden war, gekündigt, da die größer gewordene Familie ein zusätzliches Zimmer benötigte, denn der Kindersegen hielt an.

Am 20. Oktober 1910 gebar Sophie ihr drittes Kind. Das zweite Mädchen: Käthe.

Geburtsurkunde Hans Garbaden sen.

„Damit soll es jetzt gut sein", sagte Johann, als er die Kleine im Arm hielt und fügte noch einen hanseatischen Schnack hinzu: „Dreimal ist Bremer Recht."

Sophie war an einem Sonntag gerade unten auf der Straße, um von der Fischluzi Granat für die Mittagsmahlzeit zu kaufen. Luzi Flechtmann, bekannt als Fischluzi, schob einen ausrangierten Kinderwagen vor sich her, der mit Nordseekrabben gut gefüllt war. Damit klapperte sie die Straßen des Bremer Westens ab und rief dabei laut mit kräftiger Stimme:

„Granat, Granat, Granat."

Es war immer ungepulte Ware. Die einkaufenden Frauen pulten im Haus.

Als Sophie mit ihrem großen Kump voller Granat ihr Haus wieder betreten wollte, stieß sie vor der Haustür mit einem ihr unbekannten Mann zusammen.

„Ich suche meinen Bruder Johann", sagte der Unbekannte.

Sophie kannte die Geschichte seiner Brüder aus der Kinderzeit. Aber beide waren ihr bisher nicht begegnet.

„Ich bin Georg", sagte der Mann.

Sophie bat ihn herein, ging mit ihm in die Küche und stellte ihren Granatkump auf die Anrichte.

„Setz dich, Johann ist auf unserer Parzelle. Er wird sicher bald kommen."

Sophie blickte den Bruder ihres Mannes an. So hatte sie ihn sich nicht vorgestellt. Er wirkte in seiner total abgerissenen Kleidung wie ein Landstreicher. Und sie bemerkte seine Alkoholfahne.

„Hast du Hunger?", fragte sie.

„Ja!"

Sie stellte ihm einen Teller mit Vorsuppe, die sie gerade kochte auf den Tisch und legte ein Stück Brot dazu.

„Hast du auch Durst?"

„Ja, immer. Ein Bier wäre schön."

„Bier ist nicht im Haus. Aber ein Glas mit Brombeersaft aus unserem Garten könnte ich dir geben."

Sophie sah seine enttäuschte Miene.

„Oder lieber einen Schnaps? Den habe ich."

Georgs trübe Augen leuchteten auf.

„Ja gerne."

Während Georg in die heiße Suppe pustete, stellte Sophie ihm das Glas mit Kornbrand hin.

Er trank den Schnaps und wurde gesprächig:

„Hier im Viertel habe ich früher mit unserem Vater Backtorf verkauft, und über die schmucken Häuser, die es weiter vorn schon gab, gestaunt. Ich habe davon geträumt, auch mal in einem solchen Haus zu wohnen."

Sophie fiel ein, dass Johann einmal von seinem Bruder als Träumer sprach.

Zusammenhanglos sprach Georg jetzt über den ältesten Bruder:

„Ich habe Claus Hinrich getroffen. Er ist jetzt so etwas ähnliches wie ein Zirkusreiter. Er konnte mir in seiner Firma keinen Arbeitsplatz beschaffen."

Sophie wollte etwas fragen, als die Tür aufging und Johann eintrat. Er legte ein frisch geerntetes Bündel Rhabarber neben den Granat auf die Anrichte, blickte seinen Bruder an und sah das Schnapsglas und den leeren Teller auf dem Tisch.

Er wurde zornig: „Meine Kutscherkollegen, die für die Abfuhr im Rotlichtviertel zuständig sind, haben mir von dir erzählt: Der ist ständig besoffen und bei Tittenelse untergekrochen, sagten sie."

„Das ist lange her und vorbei", murmelte Georg, schob den leeren Teller zurück und blickte auf das ebenfalls leere Schnapsglas.

Johann blickte Sophie an.

„Meine älteren Brüder haben sich verdrückt, während ich als Kind auf dem Hof unseres verstorbenen Vaters stand und sich niemand um mich kümmerte."

Johann blickte wieder auf Georg:

„Ich will dich in meinem Haus nicht haben. Meine drei Kinder müssen einen solchen Bruder von mir nicht kennenlernen."

Georg stand auf, während Johann hinunter auf die Toilette ging. Sophie belegte schnell zwei Scheiben Brot mit Wurst und drückte sie Georg in die Hand, bevor er das Haus verließ.

Johanns Kinder entwickelten sich prächtig. Marie wollte als Fünfjährige auf der Parzelle bei der Ernte helfen und der ein Jahr jüngere Hans beschäftigte sich mit den Tieren und Pflanzen im Bachlauf vor dem Garten. Die dreijährige Käthe krabbelte zwischen den Gemüsebeeten herum.

Die ersten Menschen sprachen von Krieg. Im Jahr 1914 war es soweit. Die jungen deutschen Männer wurden vom Kaiser zu den Waffen gerufen, um gegen den Erzfeind Frankreich zu kämpfen.

Die meisten von ihnen zogen unter Marschmusik und wehenden Fahnen gern in den Krieg.

„Wir kehren in ein paar Wochen siegreich zurück", riefen sie voller Begeisterung den am Straßenrand klatschenden, genau so siegestrunkenen Menschen zu.

Johann war mit seinen 34 Jahren nicht mehr jung genug. Außerdem war er nicht abkömmlich. Das Abfuhrwesen der Hansestadt musste weiter funktionieren. Er war nicht traurig darüber.

Johann, der ein Abonnement der Bremer Nachrichten hielt, war immer besonders an Berichten aus Worpswede und dem Teufelsmoor interessiert.

In den letzten Ausgaben wurde häufig von dem Bahnanschluss in Worpswede berichtet. Jetzt war ein Ausflug in die alte Heimat per Bahn mit den Kindern möglich.

An einem sommerlich schönen Sonntag machte sich die fünfköpfige Familie auf den Weg. Die Bahnfahrt – auch mit dem Umweg über Bremervörde – war deutlich angenehmer, als mit kleinen Kindern die engen Personenkähne zu nehmen.

In Worpswede angekommen, bestaunten Sophie und Johann den vom Worpsweder Jugendstilmaler Heinrich Vogeler gestalteten Bahnhof. Innen gab es außer den Gleisanlagen eine urige Kneipe, ein gemütliches Kaminzimmer mit einer lichtdurchfluteten Veranda.

Die Familie hielt sich nur kurz im Gebäude auf. Die Kinder drängten hinaus und die Eltern wollten das schöne Wetter nutzen, um mit ihnen den Weyerberg zu umrunden.

Mit der kleinen Käthe in der mitgenommenen Handkarre marschierten sie durch die Straße Bauernreihe mit den schönen Gehöften zum Westhang des 50 Meter hohen Weyerbergs.

Die Kinder genossen die Aussicht nicht. Sie fingen an zu quengeln:

„Den ganzen Weg zu Fuß zurück? Nein, nein, nein." Johann versprach ihnen eine Brause und ein Stück Kuchen in der Bahnhofsgaststätte.

Das Versprechen reichte für eine kurze Zeit. Aber bald fing Marie wieder an zu greinen.

Ein Mann lud am Rand der Pferdestraße volle Säcke von seinem Fuhrwerk. Er beobachtete die Szene und erbarmte sich:

„Ich muss zum Bahnhof zurück und weiteres Frachtgut abholen. Wollt ihr mitfahren?"

„Gern", sagte Johann. „Meine Quälgeister können nicht mehr.

Schnell waren Kinder und Karre auf dem Wagen. Nur Marie war der Meinung, dass sie die kurze Tour auf dem Rücken eines der beiden Pferde des Gespanns machen könnte.

Johann hob sie zur Ladefläche hoch und versprach dem strampelnden Mädchen:

„Morgen kannst du mich im Stall besuchen und darfst wieder auf Moritz sitzen."

Johann half auch seiner Frau beim Aufstieg. Dabei wurde ihr weites Kleid durch eine Windböe bis zu ihren Ohren hoch geweht. Ihr war das peinlich. Johann lachte.

Sophie richtete sich mit ihren drei Kindern und der Karre auf der Ladefläche für die kurze Fahrt zum Bahnhof ein, während Johann sich zu dem Pferdelenker auf den Bock setzte. Der hilfsbereite Mann nahm die Zügel, schnalzte mit der Zunge und die Pferde trabten gen Bahnhof. Er fragte Johann nach dem Pferd mit dem Namen Moritz. Johann klärte ihn auf. Bis zu ihrer Ankunft am Bahnhof fachsimpelten die beiden Kutscher über die Qualitäten von Zugpferden.

Im Bahnhofsgebäude steuerte die Familie die gemütliche Kneipe an. Johann trank einen großen Krug Lagerbier. Sophie und die Kinder bekamen jeweils eine Brause und den versprochenen Kuchen.

Johann erkannte ihn direkt am Nebentisch: Otto Modersohn! Oft waren die Worpsweder Künstler in den Bremer Nachrichten abgebildet, wenn sie einen Preis für ihre Arbeiten erhalten hatten. Aber Johann erkannte den Maler sofort durch ihre persönliche Begegnung an der Hamme. Otto Modersohn hörte sich die Ausführungen eines Mannes an, der über die Ideen für den weiteren Ausbau des Bahnhofs sprach. Johann meinte in dem Gesprächspartner des Malers den Künstler Heinrich Vogeler zu erkennen. Der Gestalter des Gebäudes und der Inneneinrichtung lebte ganz in der Nähe auf seinem Barkenhoff. In Zeitungsberichten über die Eröffnung des Bahnhofs war er mehrfach abgebildet worden.

Modersohn schien Johann auch erkannt zu haben. Er beugte sich vom Nebentisch leicht zu Johann hinüber: „Na min Jung, wir sind beide älter geworden."

„Ja, Herr Modersohn, ihre Skizze halte ich in Ehren. Sie hängt jetzt in Bremen in unserer Wohnstube. Aber dass Sie mich nach so langer Zeit noch erkannt haben . . ."

„Sicher", meinte Otto Modersohn. „Menschen, die ich einmal porträtiert habe, auch wenn es nur eine Skizze war, vergesse ich nicht. Auch wenn wir inzwischen ein paar Jährchen mehr auf dem Buckel haben."

Er nickte Johann noch einmal zu und wandte sich wieder an Heinrich Vogeler.

In seiner Freizeit beackerte Johann weiter den Garten am Utbremer Ring. Sophie erntete und weckte ein. Zu den Hühnern und Kaninchen auf dem Hof des Hauses waren zwei Gänse hinzu gekommen.

„Ganz wichtig", begründete Johann diese Entscheidung. Wer weiß, was im Krieg noch kommt."

Wenn Johann vor einem Festtag ein Kaninchen schlachtete, wurde dem Tier nach dem Ausbluten das Fell abgezogen. Hans durfte es zu einem Kürschner in der Landwehrstraße bringen. Die zwei Mark, die er dafür bekam, durfte er als Taschengeld behalten.

Einmal im Jahr rief Sophie die Kinder zusammen. Dann hieß es:

„Ab in den Keller zum Kartoffeln abstrubbeln."

Die eingekellerten Erdäpfel wurden dann von den herauswachsenden Trieben befreit.

Die Kinder durften ihren Vater auf seiner Arbeitsstelle besuchen. Marie und Hans, mit der kleinen Käthe an den Händen zwischen sich, liefen die paar Straßen ohne Begleitung zum Stall. Dort wurden die beiden Mädchen von Johann hintereinander auf den breiten Rücken eines Pferdes gesetzt und kreischten dabei vor Vergnügen. Hans interessierte sich mehr für den abgeteilten Stallbereich, in dem die verletzten Fundtiere der Stadt gesund gepflegt wurden. Es fiel ihm immer schwer, wenn es vom Vater hieß:

„Jetzt ab nach Haus."

Als Johann in den Stall kam, erwartete der Stallbursche ihn mit einer Nachricht:

„Unsere neue Stute, die Cora, ist krank."

Johann besah sich das Pferd. Es war unruhig und nervös.

Sie hat sich die ganze Nacht so komisch verhalten. Eine Kolik ist es sicher nicht", meinte der Gehilfe.

Johann verständigte den Tierarzt. Der horchte Cora ab und befühlte ausgiebig ihren Leib.

Seine Diagnose war genau so kurz wie die Untersuchung:

„Cora wird Mutter!"

„Wie das?", fragte der Stallbursche. „Wir haben doch nur Stuten und Wallache."

Für Johann war die Sachlage klar: Als eines ihrer Zugpferde pflastermüde geworden war, musste ein neues Pferd angeschafft werden. Er war mit dem Fuhrparkleiter zu einem Bauern in Lilienthal gefahren, um Ersatz für das inzwischen von einem Pferdeschlachter abgeholte Pferd zu kaufen. Der Züchter bot ihnen drei passende Stuten zur Auswahl an. Der Fuhrparkleiter überließ Johann die Entscheidung. Dass Cora auf einer Weide gedeckt worden war, wusste der Züchter nicht, denn er hielt die Stuten und Hengste auf getrennten Weiden, die durch Zäune getrennt waren.

Sophie mit den drei Kindern vor ihrem Wohnhaus

Der Tierarzt war skeptisch:

„Ungewöhnlich, dass ein Hengst einen Zaun zu einer rossigen Stute überspringt und sich nach dem Deckakt auf dem gleichen Weg zurück begibt. Wie auch immer; ich schätze, dass es in zwei Monaten soweit ist."

Cora wurde nicht mehr angespannt. Um Bewegung zu bekommen, wurde sie täglich auf dem Hof herumgeführt und verbrachte die Zeit bis zur Geburt ihres Fohlens in einer separaten Box.

Als es sich abzeichnete, dass der Termin nahte, übernahm Johann auch Nachtschichten, um bei der Geburt dabei zu sein. Und in einer Nacht war es auch soweit: Johann half Cora bei der Geburt eines Hengstfohlens.

Für Hans, der inzwischen acht Jahre alt war, wurde ein eigenes Reich unter den unverputzten Dachziegeln des Bodenraumes gezimmert. Eine Wand war die Brandmauer zu den Nachbarn. Die zweite Begrenzung der Kammer war das schräge, bis auf den Fußboden verlaufende Ziegeldach, in dem hoch oben eine kleine verglaste Luke als Lichtquelle eingelassen war. Ein alter Kleiderschrank bildete die dritte Wand, und die einfache Holztür wurde mit einigen rohen Brettern links und rechts zur vierten Wand. Ein Raum, eher eine Zelle mit einem Bett. Eine kleine Hängelampe spendete an dunklen Tagen etwas Licht. Einen wärmenden Ofen gab es nicht. Unter einem dicken Federbett liegend konnte Hans an frostigen Wintermorgen die Eisblumen an der Brandmauer bewundern. die von seinem nächtlichen Atem entstanden waren.

Er war inzwischen zur Leseratte geworden und verschlang alles, was ihm in die Finger kam. Nur abends im Bett durfte nicht mehr gelesen werden. Die Stromkosten seien zu hoch, meinte der Vater.

Im März 1917, nach einer Nachtschicht im Stall, las Johann in der Zeitung gerade einen Artikel über die Abdankung des Zaren. Es klingelte an der Haustür. Sophie, die öffnete, rief Johann von seiner Zeitungslektüre hoch: „Du musst ein Schreiben quittieren."

Johann unterschrieb und überflog den Einberufungsbefehl.

Also doch. Er musste mit 38 Jahren noch für Gott, Vaterland und Kaiser seinen Kopf hinhalten. Er ahnte es schon. Einige der alten Kutscher und Stallmeister waren aus dem Ruhestand geholt worden, weil jetzt auch die mittleren Jahrgänge eingezogen wurden. Die Lücken, die durch die vielen Gefallenen an den Fronten in Frankreich und Flandern entstanden waren, mussten jetzt mit neuem Menschenmaterial gefüllt werden.

Johann schimpfte auf die Monarchie, insbesondere auf den Kaiser, auf die adeligen Generäle und die „von und zu Rittergutsbesitzer", wie er sich Sophie gegenüber ausdrückte.

„Die haben uns den ganzen Mist eingebrockt!", sagte er. „Auch das Volk scheint es endlich begriffen zu haben. Wenn ich morgen in die Kaserne gehe, stehen keine begeisterungsbesoffenen Menschen mehr am Straßenrand."

Johann Garbaden in seiner Stallmeisteruniform

Die Familie feierte Mato Johns Geburtstag. Er wurde 21 Jahre alt. An der kleinen Feier nahmen sein inzwischen ergrauter Vater Claus Hinrich, die immer noch attraktive Mutter Talutah, seine Schwester Anna Catharina, die inzwischen uralte Nahimana und Keela O'Brian teil.

Die Jahre seit er zu seinem sechsten Geburtstag ein Reitpony geschenkt bekam, waren schnell vergangen. Das heutige Geschenk seines Vaters fiel etwas größer aus: Mato John wurde offiziell Teilhaber der Ranch.

„In ein paar Jahren werden deine Mutter und ich auf das Altenteil gehen, so wie es in meiner alten Heimat dem Teufelsmoor üblich ist. Dann wird dir die Ranch allein gehören."

Mato John war zu einem großen stattlichen Mann herangewachsen. Seinem jetzt 53 Jahre alten Vater, dem die körperlich anstrengenden Tätigkeiten in Bill Codys Western Show und die schwere Arbeit beim Aufbau der Ranch in den Knochen steckte, war er in den letzten Jahren eine große Hilfe gewesen.

Seine Schwester Anna Catharina war vor einem Monat elf Jahre alt geworden. Die Eltern hatten nicht mehr mit Familiennachwuchs gerechnet. Die Freude war aber groß, als das Mädchen geboren wurde.

Den Vorschlag für den Namen machte Claus Hinrich:

„Sie könnte den Namen meiner Mutter Catharina, die im Düvelsmoor früh verstorben ist, bekommen."

Cat, wie sie genannt wurde, war ein zartes liebes Kind. Talutah konnte kurz nach der Geburt wieder arbeiten. Die kleine Cat war, wie schon ihr Bruder in seiner Kindheit, bei Nahimana in besten Händen.

Als sie älter wurde, deutete nichts darauf hin, dass sie mal eine Farmersfrau werden würde. Sie ging gern zur Schule und vertiefte sich auf der Ranch in ihre Bücher. „Lehrerin möchte ich werden", verkündete sie sehr selbstbewusst mehr als einmal.

Sie liebte ihre Eltern. Aber mit ihrem großen Bruder Mato John verstand sie sich besonders gut.

An einem Sonntag begleitete Mato John seinen Freund Bob zu einem Rodeo. Bob Johannson und Mato John waren gleichaltrig. Bobs Familie war aus Schweden eingewandert, besaß aber schon die amerikanische Staatsbürgerschaft. Vater Stig Johannson war der Sheriff des Distrikts. Sein Sohn Bob war sein einziges Kind. Bob arbeitete im Außendienst einer Firma, die Landmaschinen verkaufte. Sein Bereich waren die neuen Mähmaschinen, die den Farmern die Arbeit auf den Feldern enorm erleichterten.

Bei dem Rodeo nahm Bob in der Punkte-Disziplin teil. Der Reiter musste sich möglichst lange freihändig auf einem noch nicht zugerittenem Mustang halten und durfte weder das Pferd noch das Sattelzeug mit den Händen berühren. Und zwar mindestens acht Sekunden lang. Zwei Preisrichter bewerteten den Reitstil des Akteurs und den Schwierigkeitsgrad. Auf einem ruhigen Pferd waren keine Schwierigkeitspunkte zu gewinnen. Eine hohe Punktzahl konnte ein Reiter nur auf einem bockigen, besonders wilden Mustang erreichen.

Hölzerne, treppenförmig angeordnete Sitzbänke umgaben die Arena. Draußen in den Gattern wieherten die Mustangs und warteten auf ihren Einsatz.

Während Bob zur Gruppe der Reiter ging, suchte sich Mato John einen Sitzplatz mit guter Sicht in das Rund der Arena.

Die ersten drei Reiter konnten sich nicht in der vorgegebenen Zeit auf den Rücken ihrer Mustangs halten. Der vierte Reiter war Bob. Er saß noch auf dem Pferd, als das akustische Signal die erreichte Zeit von acht Sekunden anzeigte.

Nachdem noch zwei Reiter zu früh abgeworfen wurden, ritt der letzte Teilnehmer dieses Durchgangs ein. Aber es es war kein Reiter, sondern eine Reiterin: Eine junge, schlanke Frau, deren feuerrotes langes Haar bei ihrem Ritt wie eine Fahne im Wind flatterte. Ihr Mustang sprang und bockte, um die Last los zu werden. Aber die junge Reiterin schaffte es locker, sich über die Zeitvorgabe von acht Sekunden im Sattel zu halten. Jetzt mussten die beiden Preisrichter über den Reitstil entscheiden.

Es dauerte nicht sehr lange und der Sieger stand fest: „Keela O'Brian!"

Nach weiteren Durchgängen mit anderen Wettkampfteilnehmern traf sich Mato John mit Bob an einer Theke zu einem kühlen Drink.

„Ich habe keinen Unterschied im Reitstil erkannt", tröstete Mato John seinen Freund.

„Lass gut sein", antwortete Bob. „Ich saß auf einem ruhigen Pferd. Damit waren keine Punkte zu holen. Die Rothaarige war auf ihrem Tier eindeutig die bessere Reiterin."

„Sprecht ihr von mir? Die Punktrichter haben nun mal so entschieden", hörten sie hinter sich eine Frauenstimme.

Die beiden Freunde drehten sich um und Keela O`Brian trat zu ihnen.

„Ich gebe einen Siegerdrink aus", sagte sie und gab dem Mann hinter der Theke ein Zeichen.

Sie kamen ins Gespräch. Keela war die Tochter von irischen Einwanderern, die auf ihrer Ranch Pferde aus der alten, irischen Coblinie züchteten.

„Meine Großeltern in Irland waren arme Schlucker."

„Fast alle Iren sind große Schlucker", fiel Bob ihr ins Wort, und erzählte dann von seinen aus Schweden eingewanderten Eltern.

Als Mato John sich bei den Berichten über seine Herkunft zurückhielt, ergriff Bob das Wort:

„Jonnys Vater stammt aus dem Teufelsmoor!"

„Teufelsmoor?", fragte Keela.

Mato John erzählte seine Geschichte.

„Dann bist du ja generationsübergreifend auch ein Mann aus dem Teufelsmoor."

„Nicht ganz. Ich habe ja auch eine Mutter. Richtig wäre ein Mann aus dem Teufelsmoor und der nordamerikanischen Prärie."

Mato John zeigte großes Interesse an dieser attraktiven Frau und machte das auch deutlich. Sein Freund Bob kam als Rivale nicht in Frage. Bobs feste Freundin war heute verhindert. Sie wollten im übernächsten Monat heiraten.

Mato John dagegen war frei und ungebunden. Es gab Schulfreundinnen mit denen er ausgegangen war, aber etwas Festes wurde nie daraus. Und dann gab es noch die junge Tochter des vierschrötigen, rotnasigen Pferdehändlers, der auf ihrer Ranch erfolgversprechende Fohlen kaufte, um sie auf Pferdemärkten mit gutem Gewinn weiter zu verkaufen. Bei seinen Besuchen brachte er häufig seine Tochter mit, aber sie war nicht sein Fall.

Während Mato Johns Vater das Geschäft mit dem Pferdehändler abwickelte und anschließend mit Handschlag und zwei Schnäpsen besiegelte, machte sie ihm bei jedem der Besuche eindeutige Angebote und zog ihn in den Heuschober der Farm.

Irgendwann konnte er ihr dümmliches Geschwätz nicht mehr ertragen und verschwand bei weiteren Besuchen des Pferdehändlers rechtzeitig, um außerhalb der Ranch etwas zu erledigen.

Bei Keela O'Brian hatte er das Gefühl, dass mehr aus ihrer Bekanntschaft werden könnte. Die Frau mit der hellen Haut, den Sommersprossen, der sportlichen Figur und der üppigen roten Haarfülle gefiel ihm ausnehmend gut. Im Gespräch zeigte sie sich intelligent und sehr schlagfertig.

Bevor Keela sich verabschiedete, lud Mato John sie für das nächste Wochenende zu einem Ausritt ein. Sie zierte sich nicht und nahm das Angebot an.

Als er sich mit Bob auf den Heimweg machte, musste sein Freund etwas loswerden:

„Da hast du dir aber einen richtigen Goldfisch an Land gezogen."

Mato John widersprach nicht.

Der Ausritt mit Keela verlief sehr harmonisch. Es folgten weitere Treffen. Keela war so ganz anders als die ehemaligen Schulfreundinnen. Nicht, dass es Liebe auf den ersten Blick war, aber bei ihren Treffen wurde seine Zuneigung zu ihr immer stärker. Er fühlte, dass es ihr genau so ging.

Auf einem ihrer Ausritte machten sie Rast und lagen auf einer Pferdedecke auf dem von der hochstehenden Sonne erwärmten Boden der Prärie.

Keela erzählte von sich und ihrer Familie. Sie stammte aus einer ländlichen Gegend in der Nähe von Cork, dem großen Seehafen.

„Meine Eltern arbeiteten beide, um das Geld für die Überfahrt nach Amerika zusammen zu bekommen. Etwas ungewöhnlich für die dortigen Verhältnisse. Frauen gehörten in die Küche und verließen sie nur für den Kirchgang. Aber meine Mutter ist eine starke, selbständige Frau, die sich nicht um das Gerede anderer Menschen kümmert."

„Hast du Geschwister?", fragte Mato John.

„Nein, ich bin ein Einzelkind. Meine Eltern haben gesehen, dass in Irland durch den großen Einfluss der katholischen Kirche mit ihren Dogmen die Familien trotz bitterster Armut mit zu vielen Kindern gesegnet sind."

„Kein Wunder, dass so viele Iren nach Amerika auswandern", meinte Mato John.

„Ja, meine Großeltern haben den Absprung nicht geschafft. Sie waren froh, wenn sie täglich satt wurden."

„Erinnerst du dich an Irland?"

„Ja, durch einen Besuch bei meinen Großeltern. Ich bin hier geboren. Letztes Jahr, als mein Großvater starb und es meiner Großmutter sehr schlecht ging, haben mich meine Eltern in ihre alte Heimat geschickt, damit ich sie vor ihrem Tod noch sehe. Meine Eltern waren zu der Zeit, wie eigentlich immer, zu sehr auf der Ranch beschäftigt. Ich fuhr auf einem Frachtdampfer und habe für die Überfahrt auf dem Schiff gearbeitet. Die Besatzung konnte es gar nicht fassen. Eine junge Frau arbeitet auf einem Frachtdampfer. So etwas hatten sie noch nicht erlebt!"

„Du hast die Selbständigkeit sicher von deiner Mutter geerbt."

„Sie hat mich zur Selbständigkeit erzogen!"

„Lebt deine Großmutter noch?"

„Nein, kurz nach meinem Besuch ist sie verstorben. Ich war zwei Wochen in Irland und war über die Armut in dem Land schockiert. In meiner Erinnerung sind nur Schafe, karger Boden, Armut, Regen und die katholische Kirche, deren feiste Pfaffen das Wort des Herrn verkünden, welches da heißt: ‘Seid fruchtbar und mehret euch, auch wenn ihr euer täglich Brot nicht bekommt’ geblieben. Ich war froh, dass ich in Cork wieder an Bord eines Frachters gehen konnte."

Mato John überlegte kurz:

„Mein Vater hat mir vom Düvelsmoor, aus dem er

stammt, erzählt. Dort müssen die Verhältnisse ähnlich gewesen sein. Zumindest die Armut und der unfruchtbare Boden."

„Erzähl doch mal", bat Keela.

Mato John schilderte den Weg seines Vaters und das Schicksal seiner Mutter. Ganz besonders interessant fand Keela die Zeit seiner Eltern bei der Buffalo Bill's Western Show.

„Gibt es die Show noch?", fragte sie.

„Nein, William Cody ist im Januar in Denver gestorben. Ich habe meinen Eltern lange damit in den Ohren gelegen, einmal eine Vorstellung zu besuchen. Als Bill Cody mit seiner Show nach einer Europatournee wieder in unserer Gegend gastierte, nahmen meine Eltern mich mit zu Buffalo Bill und ihren alten Kollegen. Ich war zu der Zeit ungefähr elf Jahre alt und von der Vorstellung total begeistert. Auch davon, dass Mister Cody uns persönlich begrüßte, war ich beeindruckt."

„Das glaube ich", meinte Keela. „Wie war er denn so?"

„Er war sehr herzlich, hat mir die Hand gegeben und ein Angebot als Teufelsreiter gemacht!"

Keela lachte: Einem Elfjährigen? Das war sicher nicht ernst gemeint."

„Natürlich nicht. Aber wenn er dich auf einem Pferd in vollem Galopp gesehen hätte, wärst du sofort von ihm verpflichtet worden und zum großen Star seiner Buffalo Bill Show avanciert."

Diesmal lachte Keela laut und ansteckend.

„Jetzt mal wieder sachlich. Erzähle bitte weiter."

„Gut, wenn ich dich nicht langweile. Die Pferde für

seine Vorstellungen kaufte er früher immer bei meinem Vater. Der wusste durch seine Erfahrungen bei der Show worauf es bei den Pferden ankam."

Mato John sah, dass die beiden Pferde das Umfeld ihrer Pflöcke abgegrast hatten. Er ging zu ihnen, führte sie etwas weiter zu neuen Weideflächen mit frischem Gras und wusste anschließend noch etwas über William Cody zu berichten: „Übrigens erhielt neben Präsident Woodrow Wilson und König Georg V. auch William Cody nach seinem Tod eine Ehrenbezeugung vom deutschen Kaiser Wilhelm II. Das Volk der Sioux würdigte ihn in einem Nachruf aus ihrem Reservat als guten und treuen Freund."

„Genug erzählt", sagte Keela, beugte sich zu Mato John hinüber und küsste ihn.

Es war spät geworden, die Sonne längst untergegangen und Keela drängte zum Aufbruch.

Bevor sie in gestrecktem Galopp zu ihren Ranches zurück ritten, lud Mato John Keela zur Feier seines 21. Geburtstages auf die Ranch seines Vaters ein. Eine gute Gelegenheit, sie seinen Eltern vorzustellen.

Bob und Mato John sprachen oft über den Krieg in Europa. Sie waren froh, dass Präsident Wilson sich mit einer amerikanischen Beteiligung zurückhielt.

Am 1. Februar 1917 erklärte Deutschland Frankreich und England den unbeschränkten U-Boot-Krieg und die US-Amerikaner brachen darauf hin die diplomatischen Beziehungen zu Deutschland ab.

Schon im März 1915 torpedierte ein deutsches U-Boot

den Passagierdampfer „Lusitania" vor der Südküste Irlands. Dabei ließen mehr als 1200 Menschen ihr Leben, darunter 128 amerikanische Staatsbürger. Das Drängen anderer Politiker und der weiter zunehmende Seekrieg zwangen Präsident Woodrow Wilson zum Umdenken: „Die Regierung Kaiser Wilhelm II. läuft Amok, Recht ist kostbarer als Frieden", sagte er vor dem Kongress.

Am 6. April 1917 bekam er von beiden Häusern des Kongresses freie Hand für die Kriegserklärung: „Weil die Kaiserliche Deutsche Regierung wiederholt Kriegsakte gegen die Regierung und das Volk der Vereinigten Staaten begangen hat, haben Senat und das Repräsentantenhaus gemeinsam festgestellt, dass der Kriegszustand zwischen beiden Staaten besteht."

Präsident Wilson erhielt auch die Zustimmung für die Aufstellung einer auf 500 000 Mann verstärkten Army und für eine deutliche Vergrößerung der Navy.

Schon am 9. April 1917 landeten amerikanische Seestreitkräfte in Großbritannien und eröffneten den Kampf im U-Boot-Gebiet.

Diese Entscheidungen der Regierung, und vor allem, dass sofort die Wehrpflicht für alle gesunden Männer zwischen 21 und 30 Jahren eingeführt worden war, erfuhren die beiden Freunde Bob und Mato John aus der Tagespresse und unterhielten sich darüber.

„Wir sind sicher auch bald dran", meinte Bob.

„Ich hoffe nicht", gab sich Mato John optimistisch.

Gerade jetzt, da mit Keela O`Brian für beide ein neuer Lebensabschnitt begann, durfte das nicht sein.

Bob war Realist:

„Wenn der Krieg in Europa noch länger dauert, und danach sieht es doch aus, werden wir bald in Frankreich kämpfen müssen."

Als Mato John am nächsten Tag mit seinem Vater einen Weidezaun reparierte, sprach er mit ihm über die Situation.

Der Vater sah es ähnlich wie der Freund Bob:

„Abgesehen davon, dass ich auf dich als Arbeitskraft auf der Ranch kaum verzichten kann, denke ich noch an etwas anderes. Es kann sein, dass Verwandte von uns aus dem Düvelsmoor auf der deutschen Seite kämpfen. Da sind meine beiden Brüder. Georg müsste jetzt 46 Jahre alt sein. Mein jüngster Bruder, Johann, wurde 1879 geboren. Demnach ist er jetzt 38 Jahre alt. Der Krieg dauert schon drei Jahre. Da mobilisiert der Kaiser sein letztes Aufgebot, und es werden jetzt auch die älteren Jahrgänge eingezogen."

Nachdenklich arbeiteten Vater und Sohn weiter.

Der ein paar Tage später zu quittierende Einberufungsbefehl war an John Garbaden adressiert. Auch Bob bekam die Einladung zur Musterung.

Fünf Millionen wehrpflichtige Amerikaner wurden eingezogen. Mehr als zwei Millionen US-Soldaten kamen in Frankreich zum Einsatz. Darunter auch die beiden Freunde Robert Johannson und John Garbaden.

ZEHN   JOHANN UND JOHN 1918

Die Hoffnung, zu einer Reiterstaffel abkommandiert zu werden, ging für den fast 22 Jahre alten US-Soldaten John nicht in Erfüllung. Genau wie sein Freund Bob wurde er Infanterist. Schon im Juni 1917 betraten die ersten amerikanischen Truppen französischen Boden. Die Soldaten und das Kriegsgerät wurden mit Schiffen, die den deutschen Frachtdampfern ähnlich waren, nach Übersee transportiert. Mit dieser Finte sollten die Kommandanten der deutschen Marine irritiert werden. Weitere Truppentransporte über den Atlantik erfolgten auch durch beschlagnahmte deutsche Ozeandampfer wie die ehemalige „Vaterland".

Nach einer Kurzausbildung an einem Springfield-Infanterie-Gewehr und dem Browning Automatic Rifle kam der Krieg auch für John und seinen Freund Bob näher. Sie mussten im Oktober auf einem zum Truppentransporter umfunktionierten Frachtdampfer mit ihrer Infanterieeinheit zur Fahrt nach Europa antreten. Vom Hafen in New Jersey ging die Fahrt direkt nach Frankreich.

Im Atlantik operierten immer noch U-Boote der deutschen Marine. Alle Offiziere und Mannschaften hofften, dass sie den Zielhafen Bordeaux ohne den Beschuss durch Torpedos erreichen würden. Die Hafenstadt war ein wichtiger Eisenbahn-Knotenpunkt von dem die US-Truppen schnell an die Front befördert werden konnten.

Bordeaux war auch der Sitz der französischen Regierung, die schon vor der Einnahme von Paris durch deutsche Truppen in die Stadt am Golf von Biscaya verlegt worden war. Anders als für Kameraden, die aus den Großstädten der US-Staaten kamen, war es für John und Bob besonders schwer, sich an die Enge in den Kajüten und den reglementierten Ablauf des Tages zu gewöhnen. Sie vermissten die Weite der Prärie und ihr relativ freies Leben.

Bevor John die Farm zum Kriegsdienst in Frankreich verließ, war er mit Keela vor den Traualtar getreten. In einer Blitzheirat schworen sie sich ewige Treue. Es war Keelas Idee. Sie bedrängte John, diesen Schritt zu machen. Er sträubte sich zuerst:

„In den Zeitungen lesen wir doch, dass die Soldaten in den Schützengräben im Kampf Mann gegen Mann wie die Fliegen sterben. Wer weiß, ob ich überhaupt wiederkomme?", war sein Argument gegen die überstürzte Heirat.

Keela wischte seine Bedenken zur Seite:

„Ich weiß, dass du wiederkommst. Jetzt, da Amerika in den Krieg eingreift, dauert es nicht mehr lange bis des Kaisers Truppen besiegt sind."

Johns Abschied von seiner Familie verlief ohne Tränen. Sein Vater gab ihm die Hand, die Mutter nahm ihn in ihre Arme und drückte ihn fest. Schwester Anna Catharina hielt ihm etwas hin. Es war ihr kleiner Teddybär aus Kindheitstagen. Ungefähr handtellergroß und schon etwas abgegriffen.

„Hier nimm ihn mit. Er wird dich beschützen, wie er auch mich immer behütet hat."

John hob seine elfjährige Schwester mit beiden Armen in die Höhe und gab ihr einen dicken Kuss.

Nahimana fand er in ihrem Gemüsegarten hinter dem Haus. Sie küsste John auf die Stirn und murmelte Abschiedsworte in der Sprache ihres Volkes. Er verstand nur zweimal seinen indianischen Namen Mato.

Die Verabschiedung von Keela verlief anschließend etwas weniger trocken. Anna Catharina war zu ihren Büchern auf das Zimmer gegangen und seine Eltern machten einen Kontrollritt um ihre Pferdekoppeln.

Das frischgebackene Ehepaar verabschiedete sich in Johns Zimmer. Dort gab es Tränen, als die beiden in seinem Bett lagen. Die sonst so abgeklärte, selbstsichere Keela schluchzte, und ihre Tränen nässten Johns Gesicht bei ihren Küssen.

* * *

Während John Garbaden sich in Amerika von seiner Familie verabschiedete, musste der inzwischen 39jährige Johann Garbaden im Kaiserreich schon strammstehen.

Auch bei ihm erfüllte sich eine Hoffnung nicht. Statt in den Stallungen der Militärpferde zu dienen, wurde er im Transportwesen als Gespannkutscher eingesetzt. Geschütze, Munition, Bauholz für die Schützengräben und Verpflegung für die Soldaten mussten an die vorderste Front transportiert werden. Ein schwacher Trost für ihn war die Tatsache, dass er nicht mit dem Gewehr in der Hand kämpfen musste.

Schwere Gewissensbisse peinigten ihn trotzdem.

„Was ist schlimmer? Mit der Artillerie oder mit dem Gewehr auf andere Menschen schießen zu müssen oder dafür zu sorgen, dass mit dem von mir herangeschafften Kriegsmaterial die gleichen Leute getötet werden? Menschen, die der Kaiser, die Militärs und ein Großteil der deutschen Bevölkerung als Feind bezeichnen."

Sophie war der Abschied von ihrem Johann sehr schwergefallen. Die drei Kinder verstanden noch nicht was Krieg bedeutet. Aber an der Reaktion ihrer Mutter wurde ihnen klar, dass es etwas ganz Übles sein musste. Besonders schlimm war es für sie, dass die Besuche im Stall mit den Fundtieren und den Pferden, auf deren Rücken sie von ihrem Vater gehoben wurden, nicht mehr stattfinden konnten.

Einen Tag vor dem Antritt in der Kaserne nahm Johann die Kinder noch einmal mit in den Stall. Er wollte sich von den Kollegen verabschieden.

Groß war ihre Freude, als Hans sich die Bussarde und Weißstörche ansehen konnte und Marie und Käthe von dem gemütlichen alten Stallmeister Julius hochgehoben wurden und hintereinander auf dem Wallach Herold saßen.

Ein kleiner Begeisterungssturm brach bei den Kindern aus, als Julius sie zu einer abgetrennten Box führte, in der die Stute Cora mit ihrem Fohlen stand.

„Es ist vor zwei Tagen geboren", erläuterte Julius.

Während die Kinder sich an dem Fohlen nicht satt sehen konnten, ging der alte Stallmeister mit Johann in den Aufenthaltsraum der Kutscher.

„Leider ein Hengstfohlen, wie du gesehen hast. Normalerweise müsste es zum Pferdeschlachter. Aber ich habe mit Wellmann gesprochen. Du weißt, dass er einen Nebenerwerbshof bewirtschaftete. Wenn das Fohlen alt genug ist, wird der Kollege es auf seinen Hof holen. Seine Enkel werden sich freuen. Vielleicht kann er das Tier später als Arbeitspferd einsetzen."

Julius nahm aus einem Wandschrank zwei Gläser und eine Flasche Kornbrand, füllte die Gläser und sagte „Prost".

Julius blickte Johann an:

„Halt die Ohren steif und sieh zu, dass du bald und heil aus diesem Scheißkrieg zurück kommst. Ich will in meinem Alter nicht mehr lange Stallmeister sein."

Julius schenkte noch einmal nach.

„Und wenn deine Sophie neben dem Haushalt und der Arbeit auf der Parzelle mal Zeit hat, kann sie gern mit den Kindern vorbeikommen."

* * *

„Die Amerikaner werden nicht ankommen, weil unsere U-Boote sie versenken werden."

Die siegessichere Vorhersage des deutschen Marineamtes vom Juni 1917 erwies sich als grandioses Fehlurteil.

Tatsächlich hielten im Juli 1917 Teile der 1. Division eine Parade in Paris ab.

In den folgenden Monaten trafen kontinuierlich frische Truppen der US-Streitkräfte ein. Sie füllten die Lücken der französischen Armeen, die kaum noch Nachschub rekrutieren konnten.

Johann muss noch für den Kaiser in den Krieg ziehen

Am 1. Mai 1918 wurden die ersten amerikanischen Bodentruppen an der Westfront eingesetzt. Ab Juni begann sich das militärische Blatt zu wenden.

Der preußische General Erich Ludendorf, der den uneingeschränkten U-Boot-Krieg durchgesetzt hatte, ordnete am 9. Juni 1918 am Fluss Oise eine Offensive an. Aber die Franzosen konnten mit amerikanischer Unterstützung den Vorstoß der Deutschen aufhalten.

Auch die Amerikaner bekamen die ganze Härte des erbarmungslosen Stellungskrieges schnell zu spüren. Im Kampf Mann gegen Mann erlitten sie die ersten Verluste.

Die Angriffe verliefen immer nach dem gleichen Muster: Ein oft tagelanges Trommelfeuer bereitete den Durchbruchsversuch vor. Dann sollten die feindlichen Schützengräben überrannt werden, damit es zum Bewegungskrieg auf freiem Felde kommen konnte. Das konnte nur funktionieren, wenn es nach einem Durchbruch notwendige Reserven gab, die nachrückten. Die ungeschützt vorrückenden Truppen waren verwundbar und viele der Soldaten blieben zerfetzt im Kugelhagel auf dem Feld liegen.

John und Bob waren mit ihrer Einheit auf dem Marsch in Richtung Verdun.

Da der amerikanische Oberbefehlshaber General Pershing es für sehr wichtig hielt, seine Soldaten gut auszubilden, bevor sie in den Kampf geschickt wurden, mussten die beiden noch eine intensive Trainingseinheit absolvieren.

General Pershing hielt den Plan der Franzosen und Engländer, die amerikanischen Streitkräfte unter ihrem Befehl innerhalb der französischen und englischen Armee einzusetzen, für unannehmbar. Eine Ausnahme wurde bei afroamerikanischen Soldaten gemacht.

John und Bob, die an amerikanischen Waffen ausgebildet wurden, sahen, dass die bei den französischen Verbänden eingesetzten Afroamerikaner französische Berthier-Gewehre bekamen. Während der Ausbildungszeit wurden sie auch eingekleidet. Zu ihrer amerikanischen khakifarbenen Uniform erhielten sie die britischen Stahlhelme und Gasmasken. Die afroamerikanischen Soldaten erhielten in ihren französischen Verbänden deren Adrianhelme. Eine Reiterstaffel sahen sie nicht. Aber sie konnten eine Einheit mit ausgebildeten Rettungshunden beobachten, wie sie sich für den Einsatz an der Front vorbereitete.

Die knappe Feierabendzeit in der Ausbildungskaserne wurde genutzt, um Briefe in die Heimat zu schreiben. Auch die erste Post aus Amerika traf ein. John und Bob schrieben keine langen Texte. Sie waren durch den täglichen Drill an den Waffen ermüdet.

Am Abend vor dem Abmarsch an die Front kam noch einmal der Kamerad, der die eingehenden Briefe und Päckchen verteilte, auf ihre Stube.

Für John war ein Brief dabei. Er war von Keela geschrieben.

„Ich bin schwanger", begann sie. „Und ich bin glücklich. Ich hoffe, dass du es auch bist."

John verzog sich mit dem Brief auf sein oben gelegenes Bett.

* * *

Johann saß in einem Zug, der die Eingezogenen an die Front brachte. Die Landschaft, die er aus dem Zugfenster erblickte, erinnerte ihn an Worpswede. Dörfer mit strohgedeckten Bauernhäusern, umgeben von Obstbäumen und vereinzelt stehenden Birken. Er sah Gespannwagen mit Milchkannen auf der Ladefläche, die auf kopfsteingepflasterten Straßen oder staubigen Landwegen fuhren. Als Weideflächen mit Schafen und Rindern passiert waren, ertönten Pfeifsignale aus der Dampflok und der Zug fing an zu stampfen. Der erste Bahnhof seitdem er in Bremen zugestiegen war.

Einige der mitfahrenden Rekruten verließen das Abteil, um sich ihr Kochgeschirr von Roten-Kreuz-Schwestern mit einem Schlag aus den Suppenkesseln füllen zu lassen. Auch der neben Johann sitzende Otto Karsunke, dem durch die lange Fahrt aus Berlin schon der Magen knurrte, kam bereits löffelnd mit der dampfenden Erbsensuppe zurück.

Nach dem Verzehr bot er Johann eine Zigarette an. Der lehnte dankend ab.

„Da haste an der Front mit deiner Ration was zum tauschen", meinte Otto.

Nachdem er den ersten Zug aus seiner Zigarette inhalierte, wurde er mitteilsam:

„Ich bin Schlachtergeselle, kann aber auch ein Gespann führen. Und du? Was haben die Militärköppe mit dir vor?"

Johann klärte Otto auf.

Der Berliner war begeistert:

„Na, das wär` doch was. Wir zwei beide uff`n Bock. Da

müssen immer zwei sitzen. Falls mal einer von Scharf- oder Heckenschützen herunter gefegt wird, muss der andere die Peitsche einsetzen, damit die wertvolle Fracht durchkommt."

„Schöne Aussichten", sagte Johann nur.

Der Zug fuhr ohne Grenzkontrollen durch das besetzte Belgien und war schnell auf französischem Terrain. Durch das Zugfenster sahen sie zerfurchtes und von Granaten umgepflügtes Gebiet. Hier starben seit vier Jahren schon französische und deutsche Soldaten. Aber es gab auch neues Leben: Der rote Klatschmohn stand auf dem zerklüfteten Acker in voller Blüte.

Am Zielort angekommen wurden die Soldaten in zwei Gruppen eingeteilt. Rechts die Infanteristen und links die kleine Schar der Gespannführer. Neben Johann und Otto waren es noch sechs weitere Kameraden.

Ein Unteroffizier erklärte in schneidigem Ton:

„Wir marschieren jetzt zu den Stallungen und Unterkünften. In drei Tagen werde ich euch zu perfekten Soldaten machen, die mit ihrer Aufgabe dazu beitragen, dass wir für Kaiser und Vaterland den Feind über die Pyrenäen jagen. Mein Name ist Ernst Tollpatz. Und damit das klar ist: Tollpatz mit tezett."

Mit seinem letzten Satz sorgte er dafür, dass sein Spitzname schon jetzt feststand.

Der Unteroffizier stellte sich an die Spitze der acht neuen Gespannführer und bellte:

„Im Gleichschritt Marsch."

Unkoordiniert liefen die Männer los.

„Halt, halt", rief Tollpatz."

„Erst einmal ausrichten. Immer zwei Mann hintereinander. Ich merke schon, dass ich da einen richtigen Sauhaufen bekommen habe. Aber ich werde euch die Flötentöne schon beibringen."

Die Unterkünfte für die Gespannführer erwiesen sich als zwei Baracken mit jeweils zwei doppelstöckigen Betten. Johann und Otto Karsunke belegten ein Doppelstöckiges. Otto oben und Johann unten. Die beiden anderen Betten wurden Adrian Poschinski, ein eleganter Mensch, der als Verwalter auf einem Gutshof in Ostpreußen schon bessere Tage gesehen hatte, und Jens Petersen, einem kernigen Mann von der Nordseeküste zugewiesen.

Alles ältere Semester, die nicht mehr mit einer Einberufung zum Kriegsdienst gerechnet hatten. Die vier Männer in der anderen Unterkunft waren junge Burschen, die den Krieg noch als Abenteuer ansahen. Otto sprach von Tollpatschs Kinderstube.

Der Unteroffizier führte die acht Neulinge zu den Stallungen.

„Stallmeister Otmar Kallweit wird euch mit den Kollegen auf vier Beinen bekannt machen. Ich habe noch andere Aufgaben zu erledigen."

„Kollegen auf vier Beinen", äffte Otto den Unteroffizier nach. „Und noch was zu erledigen heißt doch wohl, dass er sich jetzt aufs Ohr legt."

Der Stallmeister war ein magerer, zwei Meter großer blasser Mann. Mit knappen Sätzen beschrieb er die Arbeit mit den ihm anvertrauten Tieren:

„Die Pferde werden neben dem Transport von Waffen

und Munition auch dafür eingesetzt, Baumaterial für Schützengräben und Unterstände an die vorderste Front zu bringen. Wo die neuen Eisenbahnstrecken noch nicht weit genug verlegt sind, zieht ihr die Artilleriewagen die letzten Kilometer bis zu den Schützengräben."

Der Stallmeister machte eine kleine Pause, um sich eine Zigarette anzustecken, ehe er weitersprach:

„Und auf der Rückfahrt müsst ihr die Toten und Verletzten transportieren."

Otmar Kallweit ging einige Schritte und deutete auf einige separat stehende großrahmige Pferde:

„Das sind unsere Melde-Reitpferde. Sie werden für das Überbringen von Nachrichten eingesetzt und müssen dabei bis zu 120 Kilometer am Tag zurück legen. Eure Pferde für die Gespanne sind nur zu einem kleinen Teil vor Ort rekrutiert. Sie stammen überwiegend aus Ostpreußen. Sie sind nicht so verweichlicht und damit kriegstauglicher."

Der Stallmeister steckte sich wieder eine Zigarette an.

„Vielleicht wissen es einige von euch aus der Heimat: Auch die militärische Mobilisierung von Pferden ist langfristig vorbereitet worden. Viele Kriegspferde aus Deutschland stammen aus Heeresgestüten oder den jährlichen zivilen Musterungen."

Die Miene des Mannes veränderte sich, er spuckte den nächsten Satz mehr aus, als dass er ihn sprach:

„Dabei waren die Tiere von Herzögen und Fürsten natürlich ausgenommen."

Adrian Poschinski, der elegante Gespannführer aus Ostpreußen nickte beifällig.

„Aber kommen wir wieder zu eurer täglichen Arbeit", sagte der Stallmeister.

„Wenn ihr mit euren Pferden an der Front in Kriegsgetöse mit Maschinengewehrfeuer und gezündeten Granaten geratet, bleiben die Tiere einsatzfähig. Ihnen wurde die Angst genommen, indem sie in Bunker gestellt wurden, während draußen Granaten und Kanonen donnerten." Die Jungspunde blickten sich gegenseitig an. Zu albernen Scherzen war ihnen nicht mehr zumute.

Ungerührt sprach Kallweit noch einen Punkt an:

„Wenn ihr in eurem Privatleben den Hufbeschlag vielleicht einmal im Monat durchgeführt habt, hier unter Kriegsbedingungen muss er doppelt so oft erneuert werden."

Der Stallmeister blickte in die Runde:

„Und noch etwas. Ich darf es nicht laut sagen. Aber als Kutscher werdet ihr es selbst schnell feststellen: Das Futter für die Pferde ist bei weitem nicht ausreichend. Die Generalität des Kaisers ging von einem sehr kurzen Krieg aus. Für genügend Futtervorräte wurde nicht gesorgt. Schon seit 1915 habe ich Probleme, die Tiere satt zu bekommen. Eigentlich sollte der Anteil Hafer im Futter mindestens 5500 Gramm betragen. Eine ausreichende Lieferung für diese Menge habe ich nie bekommen. Auch Gerste, Mais und Hirse werden nur schleppend geliefert."

Die Stimme des Stallmeisters wurde etwas leiser:

„Nicht nur die Quantität, sondern auch die Qualität des Futters nimmt rapide ab. Die enormen körperlichen Beanspruchungen der Tiere steigen aber stetig.

Ich habe von anderen Stallmeistern gehört, dass sie ihr

Futter schon mit Laub, Tiermehl und sogar Sägemehl strecken. Wenn ihr an den verlassenen Bauernhäusern vorbei fahrt, müsst ihr aufpassen, dass die Pferde nicht das vergammelte Stroh von den herunter gezogenen Dächern der Häuser fressen. Ich habe keine Lust, mich hier im Stall um die Koliken unserer Tiere zu kümmern."

Nachdenklich verließen die Männer die Stallungen.

Adrian Poschinski musste nach den ganzen unerfreulichen Ausführungen des Stallmeisters noch etwas loswerden:

„Ich habe im Zug einen Mann kennen gelernt, der es wissen muss. Es ist keine Scheißhausparole: Die Amis stehen uns mit einer ihrer Einheiten direkt gegenüber und ersetzen dort die ausgelaugte französische Truppe. Für diese Aufgabe sind die Amerikaner bestens ausgerüstet, frisch und ausgeruht."

„Dass die US-Truppen gelandet sind, haben wir auch mitbekommen", meinte Otto. „Aber dass sie uns hier direkt gegenüberstehen? Da müssen wir uns warm anziehen."

Der zweite Tag begann mit Liegestützen. Breitbeinig stand Tollpatz vor den neuen Gespannführern. In gerader Linie ausgerichtet lagen sie vor ihm auf dem Bauch.

„Zehn saubere Liegestütze will ich sehen", bellte der Unteroffizier.

Während die Jungspunde die Übung locker durchführten, zeigten die älteren Männer sehr schnell Ermüdungserscheinungen.

„Seit wann gehören Liegestütze zur Ausbildung von Gespannführern?", murrte Otto Karsunke.

„Schnauze, was zur Ausbildung gehört, entscheide

ich. Körperliche Ertüchtigung muss sein. Ich will keine Schlappschwänze auf dem Bock sehen. Und für dich Karsunke: Zehn Liegestützen extra für dumme Fragen."

Zornbebend absolvierte Otto die zusätzliche Einheit. Eine Anklage wegen Befehlsverweigerung wollte er nicht riskieren.

Abends im Bett beugte er sich zu Johann hinunter: „Die zehn Liegestütze werde ich dem Tollpatsch irgendwann heimzahlen."

Am nächsten Tag sollten die Männer ihr Können als Gespannführer beweisen. Auf Anweisung von Unteroffizier Tollpatz rammten die Jungspunde Pfähle auf dem abgesteckten Parcour in das hügelige Erdreich. Ein Feld mit unterschiedlicher Beschaffenheit. Sand- und Ackerflächen wechselten sich mit festgetretenen Wegen ab, auf denen die Hindernisse eng umfahren werden mussten. Alle acht Kutscher sollten einzeln ihre Geschicklichkeit und die ihrer Pferde beweisen. Als Zugtiere wurden zwei Wallache aus Ostpreußen angespannt.

Tollpatz stellte sich auf die Ladefläche und hielt sich mit einer Hand locker am Bock fest.

„Karsunke zuerst. Jetzt kann er mal zeigen, was er außer dumme Fragen zu stellen drauf hat", befahl er.

Otto hielt die Zügel locker und dirigierte die Pferde nur mit dem Anziehen von zwei Fingern in die gewünschte Richtung. Die Tiere reagierten prima. Sie schienen ihn zu verstehen.

Am sechsten Hindernis befand sich etwas weiter vom Pfahl entfernt eine steinige Bodenerhebung, die Otto leicht rechts liegen lassen konnte. Machte er aber nicht.

Jetzt mit beiden Händen am Zügel und einem leichten Anrucken führte er die Pferde so weit nach außen direkt mit dem Vorderrad über die harte Bodenerhebung. Die Ladefläche geriet mit einer Erschütterung kurzzeitig in eine leichte Schräglage. Das reichte, um Tollpatz aus dem Gleichgewicht zu bringen. Mit einem Rums saß er auf seinem Hosenboden.

Während einige der Jungspunde lachten, fuhr Otto ungerührt seine Runde weiter.

Mit hochrotem Kopf erhob sich der Unteroffizier und schrie:

„Was war das denn? Wenn die Pferde nicht richtig parieren, gib den Zossen die Peitsche!"

Jetzt blickte er zur Gruppe der Jungspunde:

„Für euer dämliches Lachen dürft ihr heute noch die Latrine zuschaufeln und eine neue graben. Dazu einen picobello Donnerbalken anfertigen. Besonders glatt poliert. Auf dem jetzigen bekommt man doch Splitter in den Arsch. Und Karsunke fährt die Runde noch einmal. Wenn er wieder nicht glatt durchkommt, darf er euch dabei helfen.

Otto fuhr die zweite Runde ohne Probleme. Auch bei den sieben Kollegen gab es keine Beanstandungen.

* * *

Operationsziel des amerikanischen Oberbefehlshabers General Pershing war der Durchbruch der Stellungen der fünften deutschen Armee zwischen Maas und Argonnen. John Garbaden und sein Freund Bob Johannson waren in eine US-Division abkommandiert, die bisher noch nicht an der Front eingesetzt worden war. Die unerfahrene amerikanische Truppe kämpfte gegen das tief gegliederte Stellungssystem einer deutschen Infanterie-Division. Sie wurde dabei durch deutsche Gegenangriffe zurück gedrängt und erlitt hohe Verluste. Die jungen Soldaten wurden mit der ganzen Härte des Krieges konfrontiert, und der Schock saß tief, als sie mit ansehen mussten, wie viele ihrer Kameraden fielen. Aber die Kämpfe auf beiden Seiten der Maas gingen in ungebrochener Heftigkeit weiter.

Als die 29. US-Division unter Generalmajor Morton am Ostufer der Maas die deutschen Stellungen angriff, wurde die Lage der deutschen Soldaten unter dem Befehlshaber General Max von Gallwitz äußerst bedrohlich. Mehrere begrenzte deutsche Gegenstöße brachten kurzfristig örtliche Vorteile, aber der Gegner konnte nicht gestoppt werden.

Schlechtes Wetter und unübersichtliches Gelände behinderten den Einsatz von Aufklärungsflugzeugen der amerikanischen Streitkräfte. Nur an wenigen Tagen war die Sicht klar genug, um den Feind genau erkennen zu können.

Es hieß „Freiwillige vor", die im Schutze der Dunkelheit den Verlauf der deutschen Linien erkunden sollten. Bob und zwei Kameraden meldeten sich.

In der ersten Abenddämmerung verließen sie die Stellung, um ihren Auftrag zu erfüllen.

John nutzte die ruhige Abendstunde, um einen Brief an

Keela zu schreiben. Als er die dafür erforderlichen Utensilien aus seinem Tornister nahm, fiel ihm der kleine Teddy, der Glücksbringer seiner Schwester Anna Catharina in die Hände. Anna Catharina, auch der Name seiner Großmutter, die er nie kennen gelernt hatte. Er wusste nicht viel von ihr. Sein Vater erzählte selten etwas aus seiner Zeit im Teufelsmoor. Nur dass männliche Familienmitglieder aus Worpswede jetzt vielleicht auf der anderen Seite der Front, gegen die er kämpfen musste, standen.

Gedankenverloren legte er den Teddy zurück und dachte an Keela und sein noch nicht geborenes Kind, das den Teddy einmal bekommen sollte.

Vom Spähtrupp kamen nur zwei Kameraden zurück. Hinter einer kleinen Hügelkette vermuteten sie den Frontverlauf der deutschen Infanterie. Um mehr in Erfahrung zu bringen, umgingen sie eine Anhöhe, Bob links herum, die beiden Kameraden erkundeten die Lage von der rechten Seite. Der Frontverlauf war trotz der Dunkelheit erkennbar. Die beiden prägten sich die Situation ein und schlichen vorsichtig zum Ausgangspunkt zurück.

Die Meldung der Soldaten war knapp:

„Nachdem wir den Verlauf der deutschen Front ausgespäht hatten, warteten wir vergeblich auf unsere Kameraden. Schüsse haben wir nicht gehört."

Der Offizier hakte nach:

„Ihr habt nur gewartet?"

„Nein, wir haben auch noch die andere Seite des Hügels erkundet. Er war nicht zu sehen. Wenn wir auf den Hügel hinauf geklettert wären, um eine bessere Sicht zu bekommen, wären wir auch bei schwachem Mondlicht eine gute Zielscheibe für die Deutschen gewesen."

Die Schlussoffensive der US-Armee setzte ein. Der Generalangriff wurde am ersten November ab sechs Uhr nach einer zweistündigen Artillerievorbereitung eingeleitet. Drei Korps standen an der Linie zwischen der Maas und dem Bois de Bourgogne zum Angriff gegen die deutsche Verteidigungslinie bereit.

Die amerikanische Armee war hier mit 1576 Geschützen, darunter drei Batterien mit 14-Zoll-Eisenbahngeschützen ausgestattet. Sie waren mit Leitoffizieren der US-Marine besetzt. Jedes der Geschütze konnte durchschnittlich 235 Granaten am Tag abfeuern.

Die Amerikaner setzten zum ersten Mal im Krieg chemische Waffen ein. General Ligget veranlasste, dass die deutschen Artilleriestellungen auf den Höhen der Maas, dem Bois de Sassey mit Senfgas bombardiert werden sollten. Das Feuer auf die US-amerikanischen Angriffskolonnen wurde damit ausgeschaltet.

Am dritten November führte die 89. US-Division schwere Kämpfe bei Bantheville und Beaufort. Die deutschen Truppen befanden sich mit der Maas im Rücken im Rückzugskampf.

* * *

Das verstärkte Artilleriefeuer der Amerikaner zwang auch Johanns Einheit zum Rückzug.

Johann und seine Kameraden zeigen was sie von dem Krieg halten

„Aber nicht kampflos", gab Unteroffizier Tollpatz die Parole der Heeresführung an seine Männer weiter.

Noch gab es Nachschub an Waffen und Munition. Die Transportwege an die Front wurden jetzt immer kürzer und gefährlicher. Und es mussten mehr Tote und Verletzte zurück transportiert werden.

Zwei Jungspunde waren von ihrem Einsatz nicht lebend zurückgekommen. Die von Granaten zerfetzten Körper wurden von Adrian Poschinski geborgen und zurück gebracht.

Ersatz für die Zugführer und Pferde traf nicht mehr ein.

„Von ganz oben", wie Tollpatz sagte, wurde verfügt, dass die Gespanne ab sofort nur mit einem Kutscher und einem Pferd die Transporte durchzuführen hätten.

Etwas kleinlaut fügte er hinzu:

„In diesen schweren Stunden werde auch ich noch mehr Verantwortung tragen und selbstverständlich ein Gespann übernehmen."

Stallmeister Otmar Kallweit, der auch oft von Tollpatz schikaniert wurde, erzählte den Kollegen, dass auch der Einsatz des verhassten Unteroffiziers „von ganz oben" befohlen wurde und keineswegs freiwillig geschah.

Während sie die Fuhrwerke beluden, spannte Otto, von den Kollegen nicht bemerkt, den Wallach „Odin" vor das von Tollpatz für sich ausgesuchte Gefährt. Es war ein Tier, das alles vertrug, nur die Peitsche nicht.

Mit den vorgegebenen Abständen verließen die beiden Jungspunde nacheinander das Basislager. Es folgte Unteroffizier Tollpatz.

Jetzt erzählte Otto seinen drei Kameraden, die sich für die nächsten Abfahrten bereit hielten von seiner Tat. „Bist du verrückt?", fragte Adrian. „Tollpatsch, der die Peitsche liebt auf dem Bock. Da geht Odin doch querfeldein über Stock und Stein. Den Mann sehen wir doch nie wieder!" „Werdet ihr ihn vermissen?", fragte Otto. Keiner sprach es aus, aber alle dachten: „Nein." Sie konnten die Diskussion nicht weiterführen. Das nächste Gespann musste los.

Johann fuhr mit einer Ladung Artilleriemunition und 10 Särgen aus hellem unbehandeltem Kiefernholz in Richtung Front. Richtige Straßen gab es schon lange nicht mehr. Er durchfuhr zerborstenes Gelände voller Krater. Von Minenwerfern zerstörte Unterstände musste er vorsichtig umfahren. Der Geschützdonner wurde lauter. Das vom jahrelangen Stellungskrieg umgepflügte Land war kaum noch befahrbar. Geschützrauch und Nebel nahmen ihm die Sicht. Die Front tauchte auf. Endlich! Johann hatte Glück und konnte seine Fracht in einer Gefechtspause entladen. Ein älterer Infanterist, dem anzusehen war, dass er aus dem Schützengraben kam, half ihm dabei. Er schüttete einen Schwall Wasser aus seinen Stiefeln, packte mit an und war froh, dass er etwas „über diesen Scheißkrieg, der nicht mehr zu gewinnen ist" erzählen konnte. „Ich bin jetzt das vierte Jahr dabei. Von Anfang an. Abgesehen vom Jahresurlaub. Fast die ganze Zeit mit ständiger Nässe in Stiefeln und Kleidung im Dreck der

Gräben und Trichter. Neben Schlafmangel, Durchfall, Krätze und Läusen. Die Entlausungen bringen nichts. Am nächsten Tag sind die Biester wieder da. Dazu die karge Ernährung. In letzter Zeit kaum noch Bohnen. Nur Graupen und Steckrüben mit fleckigen Kartoffeln. Dann ist da die dauernde Todesangst mit den Sterbenden und Toten um einen herum. Jetzt auch noch die Gasangriffe, bei denen du die Gasmaske nicht zu früh abnehmen darfst. Nach den Gasangriffen gibt es regelmäßig Tote. Drei davon darfst du heute mit zurücknehmen. Dieses vierte Jahr ist schlimmer als die ersten Jahre. Nachdem jetzt die Amerikaner auf Seiten der Franzosen kämpfen, ist doch jedem klar, dass wir den Krieg verlieren. Wir sind doch fast nur noch auf dem Rückzug."

Johann transportierte acht Leichen in den Kiefernholzsärgen zurück. Er rumpelte mit seinem Gefährt wieder über das zerstörte Land. Manchmal kamen Blüten von rotem Mohn aus den Furchen hervor.

Eine kleine Erhebung auf freiem Feld weckte sein Interesse. Er lenkte seine Stute darauf zu.

Jens Petersens Fuhrwerk! Es musste von einem Flugzeug unter Maschinengewehrfeuer genommen worden sein. Das Pferd hing von Kugeln durchsiebt an der Deichsel. Einige Krähen pickten darauf herum. Von dem Mann der Nordseeküste keine Spur.

Johann lenkte sein Pferd kreisförmig um den Unglücksort. Dabei erweiterte er die Runde immer etwas.

Er fand Jens Petersen in einem alten Schützengraben. Schwer verletzt, aber er lebte. Eine Blutspur zeigte an, dass der Mann sich hierher geschleppt hatte, um weiteren Kugeln zu entgehen.

Vorsichtig hob Johann den stöhnenden Jens auf die Ladefläche seines Fuhrwerks. Festen Halt bekam der Schwerverletzte durch zwei Särge, die Johann an seine Körperseiten schob.

Er schwang sich auf den Bock, nahm die Zügel und ließ die Stute traben.

Fast zeitgleich mit Johann kamen Adrian und Otto aus ihren Frontabschnitten zurück. Auch auf den Ladeflächen ihrer Fuhrwerke standen Särge.

Während sie Jens Petersen den Sanitätern übergaben, traf einer der beiden Jungspunde ein.

„Einer der beiden fehlt noch. Aber wo zum Teufel bleibt Tollpatsch?" fragte Otto.

„Dumme Frage. Der hat es auch nicht geschafft", meinte Adrian.

In dem Moment trat Stallmeister Kallweit auf die Gespannführer zu:

„Odin ist mit dem Fuhrwerk auf drei Rädern zurück gekommen. Ohne Ladung und auch ohne Tollpatsch. Irgend etwas muss passiert sein. Es kann nicht weit sein. Die schleifende Karre auf drei Rädern kann auch der stärkste Zosse nicht über eine längere Distanz ziehen. Auch wenn er von dem Wissen einer gut gefüllten Raufe mit Hafer bei seiner Rückkehr angetrieben wird."

Otto bekam Gewissensbisse und sprach den Stallmeister an:

„Sattle mir das schnellste Kurierpferd. Ich werde Tollpatsch suchen."

Die Argumente der Kollegen, dass der Ritt ein Himmelfahrtskommando sei, schlug Otto in den Wind.

Nach zwei Stunden kam er zurück. Quer vor ihm lag der jammernde Tollpatz wie ein Kartoffelsack auf dem Rücken des Pferdes. Über und über mit Dreck und Schlamm besudelt und mit einem gebrochenen Bein.

„Für Tollpatsch heißt es jetzt: Ab ins Sanatorium", sagte Otto und glitt von dem Rappen.

* * *

Das Infanterieregiment mit dem 22jährigen Soldaten John Garbaden folgte der deutschen Truppe vom Maas-Brückenkopf auf ihrem Rückzug Richtung Verdun.

Sein Freund Bob blieb verschollen. John vermied es, in seinen Briefen an Keela und seinen Eltern davon zu schreiben. Es bestand immer noch die Hoffnung, dass er untergetaucht oder in deutsche Gefangenschaft geraten war. Schüsse waren bei Bobs Späheinsatz nicht gefallen. Das nährte die Hoffnung, dass er bei seinem Einsatz nicht ums Leben gekommen war.

Viele Kameraden überlebten die Gefechte gegen die Soldaten des deutschen Kaisers nicht. In seinen Briefen an die Angehörigen in Amerika schrieb John auch davon nichts. Berichte von vielen Toten und Verwundeten auf amerikanischer Seite sollten ihnen nicht vor Augen führen, dass es auch ihn einmal treffen könnte. Vielleicht wussten sie es aus der Tagespresse in der Heimat sowieso.

Den ganzen Tag war sein Regiment den sich zurückziehenden deutschen Soldaten gefolgt und dabei in heftige Scharmützel geraten. Auf beiden Seiten gab es schwere Verluste.

Bei Einbruch der Dunkelheit brachen sie ihre Offensive ab und richteten sich in den von Deutschen verlassenen Unterständen ein.

Die Soldaten waren einer psychisch und physisch unerträglichen Belastung ausgesetzt. Die Toten und die vielen Verletzten konnten erst im Schutze der Dunkelheit bei Waffenruhe abtransportiert werden. In diesem gnadenlosen Stellungskrieg lagen die gegnerischen Schützengräben nur einige hundert Meter entfernt. Daraus erklärten sich die vielen Opfer.

In den kurzen Gefechtspausen beherrschte nur ein Thema die Gespräche der völlig ermatteten Soldaten: „Wie lange wird das Grauen noch anhalten?"

Nachdem John eine Portion Corned beef verzehrt hatte, öffnete er seinen Tornister, um einen Brief an seine Angehörigen zu schreiben. Keela hatte in ihrem letzten Brief geschrieben, dass sie die Herztöne ihres Kindes schon spüren könne. Ganz oben im Tornister lag der Teddy seiner Schwester Anna Catharina, der ihm Glück bringen sollte.

Gedankenverloren steckte er den kleinen Teddy in die Hosentasche seiner Uniform, kramte die Schreibutensilien aus den Tiefen seines Tornisters und begann den Brief zu schreiben.

Durch eine nachrückende Einheit wurde es in den Unterständen eng. Viele Kameraden mussten draußen in

Erdmulden, die kaum Schutz vor feindlichen Kugeln boten, oder hinter Bretterverschlägen unter freiem Himmel biwakieren.

John hörte die Flugzeuge im Unterstand auch.

„Seid doch mal ruhig", rief jemand.

„Deutsche Aufklärer", kam es aus einer anderen Richtung.

Es drängten immer mehr nachrückende Soldaten in die Unterstände hinein.

Plötzlich ließen ohrenbetäubende Explosionen die Holzverkleidungen der Unterstände erzittern. Die Erde bebte und aus den Ritzen der Deckenverkleidung rieselte der Sand.

„Das sind deutsche Minenwerfer", ertönte es aus dem Hintergrund.

Dann war wieder Ruhe bis auf ein leichtes Brummen sich entfernender Flugzeuge. Und die Schreie der Verletzten, die es von draußen nicht rechtzeitig in den Unterstand geschafft hatten.

Schnell stürzten die Männer an den Einstiegen hinaus.

Sie sahen ein riesiges Trümmerfeld mit einem zerpflügten Boden. Große Trichter, in denen Leichenteile lagen. Schwarze Baumruinen, auf deren verkohlten Ästen der Luftdruck die Körper der Kameraden geschleudert hatte. Hier ein Arm, dort ein Bein oder nur der Leib ohne Gliedmaßen. Und überall Uniformfetzen.

Nur Wenige lebten nach dem Angriff noch. John sah Verletzte, von denen er sich nicht vorstellen konnte, dass sie den Transport in die Sanitätsstation überstehen würden.

„Ein verzweifelter Versuch der Deutschen, die Vorstöße unserer Truppen doch noch zu stoppen", sagte ein Kamerad an Johns Seite.

* * *

Johanns Einheit war in ein Gebiet nördlich von Verdun verlegt worden. Es galt, die US-Amerikanischen Angriffe abzuwehren, die hier Teil der Maas-Argonnen-Offensive waren. Sein Armeekorps stand mit der Front nach Südwesten und wurde zum Rückzugskampf auf das Ostufer der Maas gezwungen. Dort erfolgte der Angriff der 29. US-Division unter Generalmajor Morton auf breiter Front.

Den deutschen Soldaten war klar, dass der Krieg in die entscheidende Phase ging. Und den Kameraden an der Front war auch klar, dass der Krieg gegen das schwere Artilleriefeuer der US-Armee nicht mehr gewonnen werden konnte.

Aber es wurde mit unerbittlicher Härte weiter geschossen. Und dafür musste weiterhin Kriegsmaterial an die Front gebracht werden.

Es gab immer schwerere Verluste. Särge musste Johann nicht mehr an die Front transportieren. Die Gefallenen wurden gleich an den Kriegsschauplätzen beerdigt. Nur die Verletzten wurden von ihm auf der Rücktour mitgenommen.

Bis zum siebten November weitete die US-Armee den Maas-Brückenkopf bis zehn Kilometer tief aus und zwang die deutsche Armee zum weiteren Rückzug.

Für Johann und seine Kollegen wurden die Fahrten an die Front kürzer. Durch die häufigeren Rückzüge war kaum Zeit dafür, ein vernünftiges Quartier für Pferde und Gespannführer zu errichten. Die Männer kampierten in verlassenen Stallgebäuden und nutzten wie ihre Pferde vergammeltes Stroh und Heu als Schlafunterlage.

In einem der Ställe fanden sie einen dem Hungertod nahen Schimmel. Die Besitzer mussten ihr Grundstück wegen der nahenden Front Hals über Kopf verlassen haben.

Für Adrian war die Situation klar:

„Den alten Gaul aufpäppeln? Nein, dafür fehlt uns die Zeit. Wir müssen ihn von seinen Qualen erlösen."

„Endlich mal wieder ein anständiges Stück Fleisch zwischen den Zähnen", freute sich Otto. „Immer nur Graupen, weiße Bohnen und gammeliges Brot? Davon wird ein Mann nicht satt."

Die Gespannführer, die durch die täglichen grauenhaften Kriegserlebnisse abgehärtet und vielleicht auch abgestumpft waren, gingen vor die Tür, als Otto sich ans Werk machte.

Sie hörten den Knall und etwas später das Gluckern des Blutes, das Otto in einem Eimer auffing.

„Einige Filetstücke gibt die alte Mähre her", meinte Otto, während er den Schimmel mit dem Bajonett fachgerecht zerlegte.

Der Jungspund, der als einziger aus seiner Stube überlebt hatte, musste wieder hinausgehen.

Otto deutete auf den Eimer mit dem Blut des Pferdes:

„Viel ist es nicht. Aber einige Blutwürste werde ich davon

machen können. Dafür müssten wir nur unsere nächste Graupenration opfern."

„Das wird uns nicht schwerfallen", war sich Adrian sicher. „Wir haben doch jetzt Fleisch im Überfluss."

Johann verzehrte sein Filetstück mit gemischten Gefühlen. Er dachte dabei an die von ihm betreuten Pferde in Bremen. Und die Gedanken wanderten weiter zu seiner Familie. Der letzte Brief war vor Wochen bei ihm eingegangen. Heimatbriefe trafen nur noch sporadisch an der Front ein. Sophie schilderte in ihrem Brief, dass die Kinder ihren Vater vermissten. Und sie berichtete von der Ernte auf der Parzelle:

„Jetzt, kurz vor dem Winter, gibt es noch Kohl in reichlicher Menge. Aber ich kann immer noch auf die eingeweckten Sachen zurückgreifen. An zwei Tagen hintereinander in der Woche gibt es dein Lieblingsgericht: Kohl und Pinkel. Allerdings ohne Wurst und Fleisch. Beides ist nicht mehr zu bekommen. Unsere Kartoffeln von der Parzelle reichen noch. Ich habe sie vor einigen Wochen zusammen mit den Kindern ausgebuddelt. Es war ein großer Spaß für die Drei. Ich habe einen halben Nachmittag am Spülstein in der Küche gestanden um sie sauber zu bekommen. Ich meine nicht die Kartoffeln, sondern unsere Kinder. Bratkartoffeln kann ich jetzt nur noch ohne alles zubereiten. In den Kolonialwarengeschäften ist nichts mehr zu bekommen. Ich war froh, dass wir noch vier große Kürbisse ernten konnten. Falls ich noch irgendwo etwas Mehl bekomme, werde ich Kürbisbrot backen. Ich hoffe, dass wir einigermaßen satt durch Herbst und Winter kommen."

Wie jeder Brief von ihr, endete er mit dem Satz: „Wie geht es dir?"

Was sollte er schreiben? Dass er jeden Tag dem Tod sehr nahe wäre? Dass er damit rechnen müsste, bei seinen Fahrten an die Front in einen Kugelhagel oder Artilleriefeuer zu geraten? Dass die Soldaten auf beiden Seiten der Front starben wie die Fliegen? Nein, die Wahrheit konnte er nicht schreiben. Hin und wieder eine Karte, dass es ihm gut gehe, das musste reichen. Er wollte Sophie nicht mit den Gräueln dieses Krieges konfrontieren. Er schrieb von der Hoffnung, dass der Krieg sicher bald vorüber sei und er wieder bei ihnen sein könnte.

Er verscheuchte die Gedanken und widmete sich wieder seinem Stück Fleisch.

Am Ufer der Maas gab der deutsche Kommandeur den Befehl, im Schritttempo mit Gewehrfeuer gegen eine amerikanische Infanterieeinheit vorzugehen.

Die Soldaten liefen los und wurden von dem Mündungsfeuer der Gegner empfangen.

Wochenlang hatten sie in schlecht abgestützten Schützengräben voller Morast ausharren müssen. Unterbrechungen gab es nur durch Gewehrsalven auf beiden Seiten. Jetzt ging es darum, einige hundert Meter Terrain zurück zu erobern.

Sie hörten die Todesschreie der getroffenen Kameraden und mussten über Sterbende und Tote hinweg stürmen, um dem Befehl des Kommandanten nachzukommen.

Sie schafften es. Der überraschende Vorstoß war erfolgreich, die Gegner zogen sich zurück. Der Preis war hoch.

Die Toten mussten begraben werden und die Verwundeten in einen Unterstand zurück zu den Sanitätern gebracht werden.

Die überlebenden deutschen Soldaten richteten sich in einem Stollen unter dem eroberten Hügel ein.

Niemand hielt sich mit der Kritik an der deutschen Heeresführung zurück. Während sie ihr trockenes Kommissbrot aßen, wurden sehr deutliche Kommentare ausgesprochen.

Besonders die Kameraden, die schon von Anfang des Krieges an dabei waren, hielten sich nicht zurück: „Unsere Offiziere haben uns betrogen. Wenn die hier an der Front das Grauen erleben würden, wäre der Krieg längst beendet."

„Was hat der Kronprinz Wilhelm gesagt: Kanonen sollen den Sieg bringen. Diesen Leichtfuß und Schürzenjäger nimmt doch niemand mehr ernst."

„Zuhause gehen die Kinder nicht mehr zur Schule. Während ich hier im Dreck liege, müssen sie auf unserem Hof die magere Ernte einbringen."

„Dann gibt es bei euch ja noch was zu futtern. In den Städten werden nur noch Steckrüben gegessen."

Solche und ähnliche Kommentare zeigten die große Kriegsmüdigkeit der Frontsoldaten.

Es war nur eine kurze Fahrt, die Johann mit seiner Fracht direkt an die Front führte.

Er konnte erst spät losfahren, weil er noch auf das Eintreffen der Artilleriegeschütze warten und bei der Verladung helfen musste.

Es dunkelte schon, aber vom Feind wurden Raketen abgeschossen, die alles hell erleuchteten. Er hörte Maschinengewehrsalven und Geschützdonner und erreichte die Schützengräben, die gegen Sicht mit Buschwerk getarnt waren. Das Abladen mit Hilfe von zwei Infanteristen konnte noch bewerkstelligt werden, bevor sie das Surren von Flugzeugen hörten.

Infanterieflieger griffen an und Fliegerbomben schlugen in unmittelbarer Nähe ein. Johann war noch rechtzeitig mit den beiden Helfern in das Grabensystem gesprungen. Einige Stellen waren mit Leichtmaterial abgedeckt, die vor Regen, aber vor nichts anderem schützen konnten. Bunker und Schutzräume gab es nicht.

Als die Flugzeuge ihre tödliche Fracht abluden, hörten sie die Schreie von verwundeten Kameraden. Auch weiter entfernt stehende Militärpferde wurden getroffen. Das Schreien der Tiere war nicht auszuhalten. Johann hielt sich die Ohren zu und blickte sich um.

Er sah Kameraden in verdreckten Uniformen und wasserdurchlässigen Stiefeln. Sie standen in tiefem Morast. Viele waren hohlwangig und schienen durch Influenza und Ruhr geschwächt zu sein. Und er sah die vielen Ratten, die völlig unbehelligt die Gräben bevölkerten.

Johann nahm seine Hände von den Ohren und hörte immer noch das Schreien der Pferde.

„Hoffentlich erlöst jemand die sterbenden Tiere", dachte er.

Die Kolonne mit den Tragen der Verletzten wurde länger.

Genau so plötzlich wie die Flugzeuge gekommen waren, prasselten jetzt feindliche Artilleriegeschosse auf die Gräben nieder. Von einem seiner beiden Helfer hörte Johann, dass sie hier schon tagelang unter Trommelfeuer lagen. Mit Maschinengewehren und ihren Artilleriegeschützen wurde das Feuer erwidert. Dann hörten sie explodierende Minen.

Plötzlich erging der Befehl: „Rückzug!"

„Endlich", rief ein Infanterist laut.

Und wenig später wurde der Befehl ergänzt: „Mit Handgranaten sichern."

Es wurde kein geordneter Rückzug. Auch Johann wurden zwei Handgranaten in die Hände gegeben.

Die Soldaten stürmten aus den Gräben hinaus, während die deutschen Artillerieschützen den Rest ihrer Munition in die feindliche Linie feuerten.

Trotz des Artilleriegewitters von beiden Seiten der Front, blickte Johann zuerst nach seinem Pferd.

Es war tot! Sein Gefährt war Opfer einer Mine geworden. Der Wagen war nur noch ein zerborstener Haufen Holzstücke und Metallschrott. Mittendrin lag das, was noch von seinem Pferd übrig geblieben war. Mehrere Klumpen Fleisch, die nicht mehr zuzuordnen waren.

„Wenigstens war es ein schneller Tod", war Johanns Gedanke, während er mit den Handgranaten in den Händen im Pulk der Infanteristen in Richtung Osten stürmte.

* * *

Der Nachschub an Munition, Kleidung und Schuhen war bei den US-Streitkräften gut organisiert. Auch ausreichende Lebensmittel trafen an der Front immer pünktlich ein.

Heute gab es nach der Portion Corned Beef noch eine überraschende Zugabe. Der für die Verpflegung zuständige Kamerad kam hoch bepackt mit Kartons in den Unterstand und schüttete den gesamten Inhalt auf einen der für die Mahlzeiten gezimmerten Tische aus rohen Brettern.

„Eine edle Spende von William Wrigley junior", verkündete er laut, während er die Gabe mit beiden Händen auf den Tischen verteilte.

Währen die Soldaten zugriffen, ein oder zwei Streifen in den Mund schoben und Reserven in ihre Tornister füllten, nahm der Küchenkamerad einen Beipackzettel aus einem der Kartons und las mit lauter Stimme vor:

„Nachdem ich im Jahre 1893 die Firma Wrigley übernahm, habe ich sie so erfolgreich gemacht, dass ich jetzt mit meiner Spende einen kleinen Beitrag zu unserem Sieg über die Soldaten des deutschen Kaisers leisten kann. Ich habe die Menge so bemessen, dass alle Schützengräben, in denen Amerikaner für die Freiheit kämpfen, eine ausreichende Lieferung bekommen. Gott schütze euch und kehrt siegreich und gesund zurück. William Wrigley junior"

Bravorufe und Händeklatschen setzten ein.

„Der Mann beschäftigt sicher einen guten Reklamechef", meinte ein neben John sitzender Kamerad etwas undeutlich, während er sich einen Riegel in den Mund steckte.

Am nächsten Morgen setzte Johns Einheit in ihrem Abschnitt die deutsche Front erneut schwer unter Artilleriefeuer und zwang die Soldaten zum Rückzug.

Aber Vorsicht war geboten. Die nachstürmenden Amerikaner mussten mit Handgranaten rechnen, die ihnen entgegen geworfen wurden. Sie wussten, dass ein kräftiger Soldat so eine Granate über 50 Meter weit schleudern konnte. Vereinzelte Schüsse peitschten auch auf. Es gab wieder Tote und Verletzte.

Erst spät, mit Einbruch der Dunkelheit erreichten sie die Unterstände der Deutschen.

„Verlassen und leer", wie sie schnell feststellten.

Sie richteten sich ein. Verletzte wurden von den Sanitätern übernommen und die Toten gesammelt und gezählt. Ruhe war eingekehrt. John stand auf Posten. Es gab nach Beendigung der Kämpfe noch einmal Corned beef.

„Immer noch besser als der Fraß, den die deutschen Soldaten in ihre Kochgeschirre bekommen", dachte er.

Bei Grabenkämpfen stießen sie häufig auf Kübel mit Steckrübensuppe. Das vorgefundene Brot war oft von Schimmel befallen und von Ratten angefressen.

John starrte in die Dunkelheit und Erinnerungen an seine Ausritte mit Keela wurden in ihm wach. Auch an sein noch nicht geborenes Kind dachte er. Morgen müsste er mal wieder einen Brief schreiben. Die letzte Nachricht von ihr lag schon länger zurück. Kein Wunder, denn durch den ständigen Vormarsch seiner Truppe war der Nachschub an Munition und Verpflegung wichtiger als die pünktliche Nachsendung der Briefe aus der Heimat.

Manchmal flammte am Himmel eine Leuchtkugel auf. Ihre Schirme warfen Licht auf die zerklüftete Landschaft mit Gräben, Furchen und zerborstenen schwarzen Baumruinen, die einmal aufrecht gestanden hatten und grün gewesen waren.

Im ersten Morgengrauen, als John auf seinem Posten längst abgelöst worden war, gingen die ersten Kameraden zu den etwas entfernt liegenden Latrinen um sich zu erleichtern. An einem ausgehobenen Graben saßen sie zu fünft nebeneinander auf dem Donnerbalken. Unerwartet peitschten Gewehrsalven in den Unterstand. Es schien ein verzweifelter aber wirkungsloser Versuch der deutschen Soldaten zu sein, den Vorstoß der überlegenen Amerikaner zu stoppen.

Bevor John und seine Kameraden, die noch nicht ganz wach waren, begriffen was passierte, waren die feindlichen Infanteristen genau so plötzlich wieder verschwunden, wie sie gekommen waren.

Die hinaus stürzenden Kameraden fanden den Posten vor dem Unterstand schwer verletzt vor. Eine Zigarette klebte an seinem blutverschmierten Gesicht. Sie sahen die Stichverletzung an seinem Rücken.

Während er mit seiner Zigarette beschäftigt war, musste ein feindlicher Soldat mit dem Bajonett zugestochen haben.

Der Mann war bei Bewusstsein und röchelte. John erkannte, dass es der 19jährige Sohn eines Ranchbesitzers war. Er hatte sich öfter mit ihm über die Probleme bei der Zucht von Pferden ausgetauscht.

Inzwischen waren zwei Sanitäter herangeeilt, die sich um den Verletzten kümmerten. Auch die Männer von der Latrine waren zurück gekehrt. Ihnen war nichts passiert. Neben der Verletzung des Postens trugen drei Soldaten leichte Streifschussverletzungen davon.

„Den Befehl zu diesem Wahnsinnsüberfall muss ein durchgeknallter, übereifriger Offizier gegeben haben", meinte ein älterer Kamerad kopfschüttelnd.

Nach einem weiteren Vorstoß der amerikanischen Armee in Johns Frontabschnitt zogen die Deutschen sich nicht zurück. Sie schienen mit dem Mut der Verzweiflung noch einmal alle Kräfte zu mobilisieren, um das Unmögliche doch noch möglich zu machen. Vermutlich waren neues Material und Waffen an der Front eingetroffen. Die Angriffe der US-Amerikaner wurden stärker als erwartet erwidert.

Bei den jungen amerikanischen Soldaten ohne längere Fronterfahrung zeigten sich Ermüdungserscheinungen. Es war immer dasselbe. Auf beiden Seiten der Front erfolgte auf einen Angriff ein Gegenangriff. Und nach der Waffenruhe mussten – auch auf beiden Seiten – die Verwundeten und die Toten gesucht werden.

Anschließend wenig Schlaf in schnell zusammen gezimmerten Baracken. Und das inmitten von traumatisierten, kriegsmüden und von lauten Albträumen geplagten Kameraden. Am nächsten Morgen begann das Ganze wieder neu in von Ratten verseuchten, morastigen Gräben.

John ging mit einem Kameraden Patrouille. Es war nicht klar, ob die Soldaten des Kaisers die Stellung verlassen hatten oder ob es nur eine Finte war. Das galt es auszukundschaften.

Obwohl es noch nicht völlig dunkel war, gab es kein Artilleriefeuer mehr.

Bei leichtem Wind schlichen sie durch das zerwühlte Gebiet mit Stacheldrahtverhauen in tiefen schlammigen Pfützen. Nur das tiefe Brummen der weiter entfernten Fronten war zu hören.

Sie mussten jetzt nahe der Front sein. Plötzlich setzte vor ihnen Maschinengewehrfeuer ein. Die deutschen waren doch noch da! Sie warfen sich zu Boden und versuchten zurück zu robben. Eine Erdmulde gab ihnen Deckung. In einer Feuerpause robbten sie weiter.

Jetzt erwiderten die Amerikaner das Feuer, und sie hörten die eigene Artillerie.

Leuchtraketen stiegen von der deutschen Seite auf, so dass sie ein gut sichtbares Ziel abgaben.

„Eine verdammte Scheiße", flucht Johns Kamerad. „Jetzt liegen wir zwischen den Fronten. Also weiter!"

In dem zerklüfteten Gelände verloren sie in der jetzt eingebrochenen Dunkelheit völlig die Orientierung. Plötzlich gab es wieder Mündungsfeuer von beiden Seiten. Vor ihnen lag ein Trichter, der ihnen Deckung gab.

Als sie über den Rand blickten, sahen sie in Richtung ihrer Front schemenhaft eine verfallene Bretterbude.

„Vielleicht ein alter Schafstall", meint der Kamerad, als sie um ihr Leben robbend darauf zustreben.

Scharfer Geruch empfing sie. Die dicken Kötel stammten von Schafen, die längst in hungrigen Mägen von deutschen oder amerikanischen Soldaten verdaut waren.

Als sie vorsichtig hinaus spähten, sahen sie das Mündungsfeuer der Maschinengewehre und die aufsteigenden Leuchtraketen. Und sie bemerkten das nicht schwächer werdende Feuer der Deutschen.

„Das halten die Soldaten des Kaisers nicht mehr lange durch. Sie können ihr Leben jetzt nur noch durch Rückzug retten", flüstert der Kamerad.

John dachte gerade darüber nach, weshalb der Soldat in dem ohrenbetäubenden Krach flüsterte, als ein Artilleriegeschoss von der deutschen Seite direkt neben dem Schafstall einschlug.

Die Prognose des Soldaten erwies sich als richtig. Die deutschen Gräben und Unterstände waren verlassen. Im Morgengrauen machten sich die amerikanischen Soldaten auf die Suche nach ihren beiden Patrouillengängern.

Einen der beiden Kameraden fanden sie bis zur Unkenntlichkeit zerfetzt vor den Holztrümmern des Schafstalls.

Ein leises Stöhnen ließ sie aufmerksam werden. Der zweite Soldat lag hinter einer zerborstenen Bretterwand.

Sofort war ein Kamerad bei ihm. Der Mann lebte, war aber sehr schwer verletzt. Er hielt einen Teddy in der Hand und schien noch etwas sagen zu wollen.

Der Soldat beugte sich zu dem Verletzten hinunter und konnte ihn nicht verstehen. Er hielt ein Ohr dichter vor den Mund des Sterbenden und hörte nur eine Frage:

„Was mache ich, wenn es Zwillinge werden?"

Sein Kopf fiel zur Seite. Der Kamerad schloss John Garbaden die Augen.

* * *

Die Erlebnisse, die Johann an der Front hautnah mitbekam, wurden für ihn immer bedrückender.

Bevor er einmal mit einer neuen Lieferung an seinem Frontabschnitt eintraf, setzte heftiger Beschuss von der Gegenseite ein.

Er schaffte es gerade noch, sein Gespann in einen Unterstand zu führen. Dabei beobachtete er, wie die Scharfschützen aus dem Graben heraus ihr Zielfernrohr auf die gegnerische Front richteten.

„Treffer!", tönte es als er hinunter sprang.

„Das gibt sicher eine Beförderung", ließ sich eine andere Stimme vernehmen.

An einem anderen Tag konnte er gerade noch rechtzeitig mit seiner Fuhre voller Särge die Pferde antreiben, um nicht mit in den gnadenlosen Kampf Mann gegen Mann hinein gezogen zu werden.

Im Wegfahren sah er, wie ein deutscher Soldat mit einem Spaten erschlagen wurde und ein US-amerikanischer Maschinengewehrschütze, dessen Gewehr Ladehemmung hatte, mit einem Bajonettstich in die Brust getötet wurde.

Johann nahm ausnahmsweise die Peitsche, um schnell aus der Gefahrenzone zu kommen.

Während des chaotischen Rückzugs der Deutschen wurden Handgranaten gezündet und in Richtung der Feinde zurückgeworfen. Es brachte kaum Entlastung, denn es folgte bald wieder Maschinengewehrfeuer.

Die Soldaten des Kaisers mussten immer mehr Gräben aufgeben und sich Frontlinie um Frontlinie zurückziehen.

Die Amerikaner setzten nach und blieben ihnen auf den Fersen.

Eine versprengte Gruppe von sechs Soldaten erreichte während des ungeordneten Rückzugs einen alten, halb verfallenen Unterstand. Mit Johann in ihrer Mitte sprangen sie hinein und atmeten auf. Mit den morschen Brettern bot der Unterstand kaum noch Schutz. Aber für eine Verschnaufpause musste es reichen.

Erst hier merkte Johann, dass er sich mit leeren Händen in Sicherheit gebracht hatte. Ohne die Handgranaten gezündet zu haben, mussten sie ihm bei dem überstürzten Rückzug in dem unwegsamen Gelände über Stock und Stein abhanden gekommen sein.

Die Männer waren durstig und hungrig.

„Es muss ja kein Offiziersmenue sein, aber ein Schlag Bohnen mit Einlage in das Kochgeschirr würde helfen", meinte einer aus der Gruppe.

Außerdem waren sie von dem fluchtartigen Abzug durch das Gelände mit Drahtverhauen, Gräben und Trichtern total erschöpft und totmüde. Das ließ den Hunger schnell vergessen. In einer Pfütze vor dem Unterstand stillten sie ihren Durst. Einen Donnerbalken suchten sie nicht mehr. Hinter einigen verbrannten Büschen konnten sie sich erleichtern.

Einer der Kameraden schob Wache und die anderen waren sofort eingeschlafen.

Durch den Einschlag einer amerikanischen Granate fuhren sie hoch. Auch Maschinengewehrfeuer setzte ein.

Johann fasste sich an den linken Arm, der höllisch

schmerzte. Ein Granatsplitter musste ihn getroffen haben. Er blutete.

Ein Kamerad band ihm den Arm ab, um den Blutverlust zu stoppen.

Durch das jetzt einsetzende Feuer von deutscher Seite wurde ihnen klar, dass sie sich noch zwischen den Fronten befanden.

Johann blickte vorsichtig nach dem wachhabenden Kameraden. Er lag direkt vor dem zerstörten Ausstieg.

Während das Maschinengewehrfeuer unvermindert weiterging, fasste einer der Kameraden vorsichtig aus dem Graben hinaus in den Uniformkragen des Mannes und zog ihn in den Unterstand hinunter.

Bei dem Anblick des Wachsoldaten konnte einer der jüngeren der Kameraden seinen Mageninhalt nicht mehr bei sich halten.

Ein Schwall Wasser mit wenig fester Nahrung ergoss sich gegen die Grabenwand.

Was alle sahen, war nur noch ein Torso. Statt der Beine hingen nur noch ein paar Fetzen Fleisch an seinem Körper. Aus dem Bauch quollen die Gedärme. Das Gesicht war eine breiige Masse.

Es dunkelte schnell und das Feuer wurde auf beiden Seiten eingestellt.

Während Johann und seine Kameraden noch überlegten, wie sie aus der Feuerlinie zwischen den Fronten herauskommen könnten, schoben sich plötzlich zwei Maschinengewehrläufe über den Grubenrand und unmittelbar danach zwei Gesichter.

Deutsche Infanteristen blickten hinunter. Nach dem ersten Schreck auf beiden Seiten war die Situation schnell klar: Die beiden Männer waren als Späher ausgeschickt. Sie führten die Gruppe in der Dunkelheit auf dem kürzesten Weg zu ihrer Einheit.

Während Johann sich den Arm hielt, fragte er noch: „Was ist mit unserem toten Kameraden?"

Die Antwort war kurz:

„Der wird im Morgengrauen mit den vielen anderen Gefallenen eingesammelt."

Die Luft im Feldlazarett war unerträglich. Karbol- und Körpergeruch setzten Johann zu. In einem Warteraum wurde er in ein Bett verfrachtet. Ein Pfleger schob ihn in ein Krankenzimmer und stellte das Bett neben das eines anderen Patienten.

Der Mann war mit einem Beinschuss eingeliefert worden und bereits operiert. Sie tauschten sich über die Ursachen und Schwere ihrer Verletzungen aus.

„Lass dich nur bei vollem Bewusstsein operieren", warnte ihn der Bettnachbar.

„Die amputieren hier ununterbrochen. Dabei überleben nicht alle. Wenn sie dich mit Chloroform betäuben, besteht die Gefahr, dass du ohne Arm aufwachst. Die Feldscher amputieren schnell. Das macht weniger Arbeit als den Splitter mit viel mehr Aufwand herauszuholen."

Johann wurde von dem Pfleger in den Operationssaal geschoben. Bald darauf näherte sich der Feldscher. Ein übergewichtiger Mensch mit Nickelbrille, dem der Schweiß von der Stirn lief.

„Kein Chloroform und keinesfalls amputieren", verlangte Johann, nach der Begrüßung.

„Einen einarmigen Stallmeister kann niemand gebrauchen."

„Das werden wir uns erst einmal ansehen", meinte der Weißkittel.

Johann wurde nicht chloroformiert. Der Feldscher, dem bei der Operation der Schweiß noch stärker von der Stirn tropfte, fuhrwerkte mit seinen Instrumenten in der Wunde herum.

Johann biss die Zähne zusammen und hielt sich krampfhaft an den Bettgestellseiten fest. Kurz bevor er in Ohnmacht zu fallen drohte, war es geschafft.

Mit einer Pinzette hielt der Feldscher triumphierend den Splitter hoch:

„Hier haben wir das Miststück. Glück gehabt. Etwas höher und das Ellbogengelenk wäre ein Trümmerhaufen gewesen. Sie können das Ding als Andenken mitnehmen."

Klirrend ließ er den Splitter in die Schale fallen.

Der Arm wurde eingegipst und der Weißkittel trat noch einmal an Johanns Bett:

„Heute bleiben Sie zur Beobachtung noch hier und morgen geht es ab in die Heimat. Den Arm zwei Wochen ruhen lassen und Sie sind wieder kv. Dann können Sie wie neu ins Kriegsgeschehen eingreifen."

Als Johann wieder im Krankenzimmer lag schwirrte ihm der Kopf.

„Wieder neu ins Kriegsgeschehen eingreifen?"

Die Gewissensbisse kamen wieder;

„Ich habe während des Kriegseinsatzes keinen Schuss abgegeben und auch keine Handgranate gezündet. Aber ich habe das ganze Zeug zur Front transportiert. War das nicht genau so schlimm? Ja, war es!", sagte er sich.

Johann kam mit seinen Überlegungen nicht weiter. Er hörte eine vertraute Stimme.

Otto Karsunke wurde in einem Rollstuhl an sein Bett geschoben:

„Ja, dat isser", sagte Otto zu dem Pfleger und bedankte sich.

Er blickte Johann an:

„Mensch, eine verdammte Scheiße, dass es uns auch erwischen musste. Dein Arm ist ja noch dran. Aber mein linkes Bein ist im Eimer, und das meine ich wörtlich."

Otto blieb Optimist:

„Mit Schlachter ist es nichts mehr. Aber mit einer Beinprothese kann ich immer noch auf dem Bock sitzen und als Kutscher meine Piepen verdienen."

Johann fragte Otto nach dem Schicksal von Adrian.

„Der musste einen Arm auf dem Feld der Ehre lassen. Er ist auf dem Weg zum Rittergut in Ostpreußen um sich auszukurieren. Vielleicht kann er den Posten als Verwalter auch mit nur einem Arm behalten.

Otto dachte einen Augenblick nach:

„Ach ja, da ist ja noch unser letzter überlebender Jungspund. Den armen Kerl hat es im Vergleich zu uns am schlimmsten getroffen. Bei einer Anlieferung an der Front geriet er in einen Gasangriff. Er ist ohne Gasmaske gefahren. Sie haben ihn lebend raus geholt. Jetzt ist er blind. Noch so jung und dann das."

Als Johann Garbaden am nächsten Tag mit seinem linken Gipsarm in einer Schlinge das Feldlazarett verließ, war der Erste Weltkrieg vorbei. Auch die Maas-Argonnen-Offensive ging mit dem Waffenstillstand vom 11. November zu Ende.

ELF   MÜTTER UND WITWEN 1930

Die 30jährige Keela und die 22jährige Anna Catharina, Mato Johns Schwester, nahmen die körperlich schon etwas hinfällige 68 Jahre alte Inger an den Armen in ihre Mitte.

Inger Johannson, die Mutter von Bob, dem Freund von Mato John war geistig noch voll auf der Höhe und wollte die strapaziöse Reise nach Frankreich unbedingt mitmachen.

Die inzwischen 64 Jahre alte Talutah trug die Taschen der jungen Frauen, in denen sie die Blumensträuße für die Gräber mitbrachten.

Die Reisegruppe war Teil einer größeren Gesellschaft von Frauen einer Goldstern-Mütter-Witwen-Pilgerfahrt. An dieser von der amerikanischen Regierung finanzierten Fahrt nahmen Frauen teil, die als Opfer für den Verlust ihrer Söhne oder Ehemänner anerkannt wurden.

Für die mehr als 100.000 Amerikaner die auf den Schlachtfeldern des ersten Weltkrigs starben, war eine Beerdigung auf einem amerikanischen Militärfriedhof in Übersee beschlossen worden.

Während des Krieges wurde der Goldstern zum Symbol für die Trauer um die Gefallenen. Familien, die einen geliebten Menschen verloren, hängten einen goldfarbenen Stern in ihre Hausfenster. Die weiblichen Verwandten bezeichneten sich als Gold-Star-Mütter und Gold-Star-Witwen. Sie gründeten mehrere nationale Organisationen für kollektive Trauer und Unterstützung. Diese Gruppen setzten sich für eine offizielle, von der Regierung finanzierte Pilgerreise ein, um die Gräber ihrer Angehörigen zu besuchen. Am 2. März 1929 wurde die Reise genehmigt.

Eine Einladung erhielten alle Witwen, Mütter und auch unverheiratete Witwen. Alles Frauen von Angehörigen, die hier begraben waren oder an die erinnert wurde. Die Frauen repräsentierten die Vielfalt der amerikanischen Armee im ersten Weltkrieg.

Die Fahrten, die das Militär organisierte, wurden in Gruppen unterteilt. In einer davon reisten die afroamerikanischen Frauen. Trotz vieler Proteste und Einwände nahmen sie an der Pilgerfahrt teil.

Das Quartiermeisterkorps war für das gesamte Reiseprogramm verantwortlich und kümmerte sich um jedes Detail der Fahrt. Offiziere und Krankenschwestern der Armee begleiteten die Frauen.

Die Reisegruppen fuhren in Frankreich nicht direkt zum Soldatenfriedhof. Es wurde ein Abstecher nach Paris gemacht. Dort wurden am Arc de Triomphe Kränze am Grab des unbekannten Soldaten abgelegt.

Erst dann wurde das eigentliche Ziel der Reise angefahren: Romagnesons-Montfaucon, Departement de la Meuse, etwa 40 Kilometer nordwestlich von Verdun.

Auf dem Gräberfeld waren die Grabstätten vom Friedhofspersonal mit den Flaggen der USA und der französischen Trikolore geschmückt. Stühle wurden bereit gehalten, damit die Frauen sich an den Gräbern ihrer Männer und Söhne setzen konnten. Während der Gebinde- und Kranzniederlegungen wurden auf Wunsch Fotos gemacht und den Trauernden später übergeben.

Von der Kapelle waren sie mit einigen Schritten in den Loggien, wo an einer Mauer die Namen von 954 vermissten Soldaten eingraviert waren.

Als sie den Namen „Robert Johannson" entdeckten, schluchzte die Mutter laut auf. Auch die anderen Frauen konnten ihre Tränen nicht unterdrücken.

Talutah nahm aus der Tasche von Inger einen kleinen Strauß, wickelte ihn aus dem Papier und gab die Blumen der Mutter des Vermissten.

Die beiden jungen Frauen hielten Inger fest, während sie sich hinunter beugte und den Strauß vor die Mauer legte.

Ein Mann vom Friedhofspersonal eilte mit einem Stuhl herbei, so dass Inger Johannson sich setzen konnte.

Während die Mutter sich am Gedenkstein ihres vermissten Sohnes die Tränen trocknete, machten sich die anderen Frauen auf den Weg zu Mato Johns Grab.

Sie blickten auf das riesige Feld mit den schlichten Holzkreuzen. 14.246 Amerikaner waren hier begraben, und damit war der Friedhof der größte amerikanische Soldatenfriedhof des ersten Weltkriegs.

Die ihnen von der Reiseleitung übergebenen Lagepläne waren etwas verwirrend. Aber auch hier kam Hilfe vom Friedhofspersonal. Eine junge Frau blickte auf die Unterlagen und bedeutete ihnen, ihr zu folgen.

Während sie hinter der Frau zum Grab ihres Mannes

gingen, dachte Keela an John junior. Der zwölfjährige Sohn, der seinen Vater nicht mehr kennen gelernt hatte, war auf der Ranch seines 66jährigen Großvaters Claus Hinrich gut untergebracht.

Fünf Minuten später standen Talutah, Keela und Anna Catharina Garbaden schweigend vor dem Grab mit dem Holzkreuz, auf dem ihr Familienname hinter dem Vornamen John stand.

Anna Catharina fasste sich als erste. Sie war keine Lehrerin geworden. Aber sie war ihren Büchern trotzdem treu geblieben. In ihrem Creativwriting-Studium stand sie kurz vor dem Abschluss. Sie schrieb an einer Abhandlung über die Geschichte der amerikanischen Ureinwohner.

Sie war in einen 30jährigen Dozenten verliebt, machte sich aber keine große Hoffnung, dass er ihre Zuneigung erwidern würde.

Nachdem Talutah und Keela ihre Blumengebinde auf das Grab legten, nestelte Anna Catharina an ihrer Umhängetasche.

Von der Militärbehörde waren neben dem obligatorischen Kondolenzschreiben auch die wenigen Habseligkeiten des Bruders geschickt worden.

Jetzt hielt sie den kleinen Teddy in der Hand. Er war über die Jahre inzwischen etwas ramponiert.

Sie beugte sich vor und legte ihn behutsam neben die Blumensträuße.

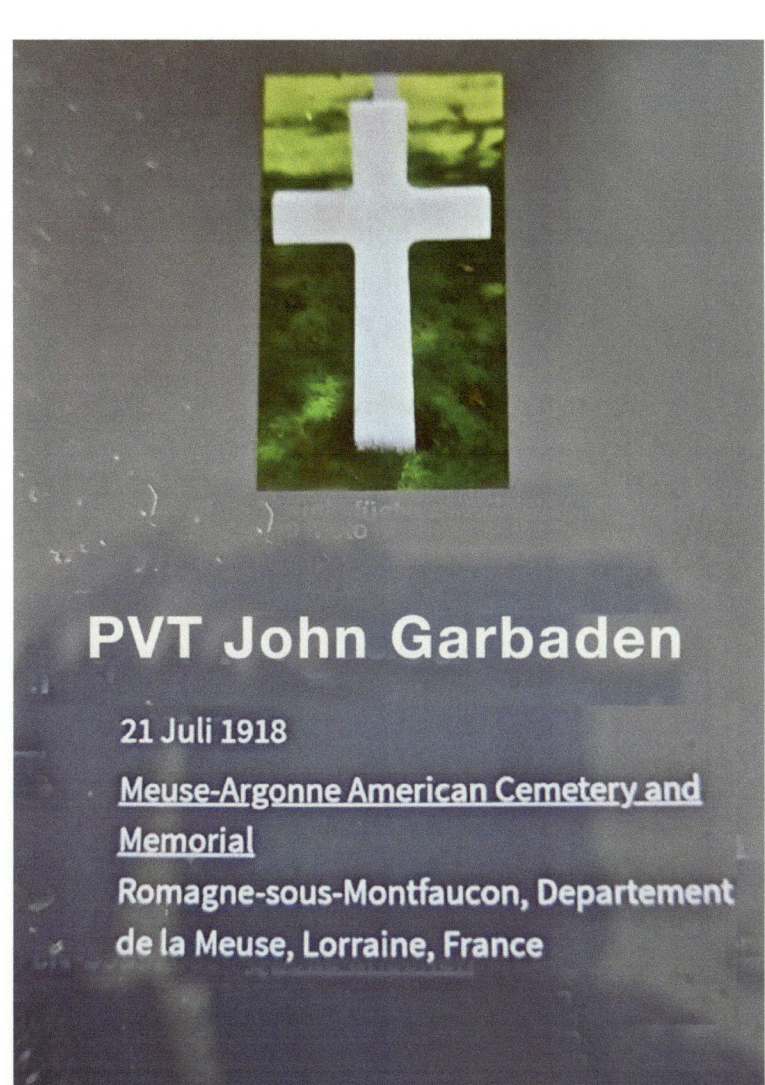

PVT John Garbaden

21 Juli 1918

Meuse-Argonne American Cemetery and
Memorial
Romagne-sous-Montfaucon, Departement
de la Meuse, Lorraine, France

In Flanders Fields

In Flanders fields the poppies blow
Between the crosses, row on row,
That mark our place; and in the sky
The larks, still bravely singing, fly
Scarce heard amid the guns below.

We are the dead, short days ago
We lived,felt dawn, saw sunsetglow,
Loved and were loved, and now we lie
In Flanders fields

Take up our quarrel with the foe:
To you from failing hands we throw
The torch; be yours to hold it high.
If ye break faith with us who die
We shall not sleep, though poppies grow
In Flanders fields

John Alexander McCrae
1872 - 1918

Der Arzt und Schriftsteller John Alexander McCrea diente im Ersten Weltkrieg an der Westfront als Sanitätsoffizier. Am zweiten Mai 1915 verlor er seinen besten Freund, den 22jährigen Lieutenant Alexis Helmer, durch einen Granatsplitter. McCrae verarbeitete seine Trauer in dem Gedicht über die Felder in Flandern, wo der rot blühende Klatschmohn an das vergossene Blut der Gefallenen erinnert und dennoch die Hoffnung nährt, dass das Leben weitergeht.

Der Mohn in McCraes Gedicht wird neben der Assoziation mit der roten Farbe des Blutes der Gefallenen auch in Zusammenhang mit der narkotisierenden Wirkung des Schlafmohns interpretiert, aus dem auch Morphium gewonnen wird, das als starkes Schmerzmittel für die schwer verwundeten Soldaten eingesetzt wurde.

„In Flanders Fields" wurde in der englischsprachigen Welt zum populärsten Gedicht über den Ersten Weltkrieg und die Mohnblüte zum Symbol für die Gefallenen. In der kanadischen Heimat McCraes gehört das Gedicht zum Unterrichtsstoff an Schulen.

McCrae starb am 28. Januar 1918 in einem Militärhospital in Frankreich.

Mohnsamen bleiben sehr lange keimfähig und keimen, wenn der Boden, in dem sie abgelagert sind, gestört wird. Dies geschah während des Ersten Weltkriegs an allen Fronten durch das ständige Bombardement.

Berlin, Berlin wir kommen
BoD ISBN 978-3-7481-8573-4

Vier erlebnishungrige junge Männer aus Bremen zieht es in den 50er und 60er Jahren nach Berlin, weg von zuhause und hinein ins Abenteuer – Kneipen, Tanzlokale, Theater, Museen und vor allem: Die vielen jungen Berlinerinnen, die alle erobert werden wollen – ein Paradies. Doch in diesen Jahren – der Zeit des „Kalten Krieges" – sind die politischen Ereignisse immer mit dabei: Mauerbau, Flucht aus Ostberlin in den Westen der Stadt, Panzer am Checkpoint Charlie, der Besuch Kennedys, Erlebnisse auf den Transitstrecken, Abenteuer mit den Flucht-helfern und vieles mehr lassen die vier „Neuberliner" auch ganz andere Abenteuer erleben, mit denen sie nie gerechnet hätten. Auch ein Stück deutscher Zeitgeschichte. Das Buch basiert auf wahren Begebenheiten. Alles vor den Ereignissen in Berlin-West und Berlin-Ost, als „die Welt am Rande eines neuen Krieges" stand.

Finale in Rahlstedt
BoD ISBN 978-3-7431-7248-7

Ein Politkrimi, der vom Ausgangspunkt Berlin während der Wendezeit über Rahlstedt in die heutige Karibik auf die Insel Kuba führt. Was ursprünglich als Suche eines jungen Mannes nach seinen Eltern begann, wird bald zu einer Jagd nach einem Tagebuch, bei der alte Stasiseilschaften und ihre Verbindungen zu kaltblütigen Killern wieder aufleben. Eine spannende Handlung, die letztlich in Rahlstedt dramatisch endet. Zwischen all den Abenteuern auf der Zuckerrohrinsel darf natürlich eine Liebesromanze nicht fehlen. Und wie immer bei diesem Autor: Das alles mit einer Prise Humor gewürzt. Mehr gute Unterhaltung in einem Krimi geht nicht.

Es geschah im Wandsbeker Gehölz
BoD ISBN 978-3-7392-6203-1

Ein Krimi, der in der „Besseren Gesellschaft" Marienthals spielt. Die Mitglieder eines Wandsbeker Tennisvereins unternehmen eine Wanderung durch das Watt der Nordsee. Die Tour entwickelt sich zu einem Drama. Die Männer werden auf einer Sandbank von der Flut überrascht. Einer der Tennisfreunde versucht, ans Ufer zu schwimmen und bleibt verschollen. Werden die elf anderen gerettet? Und dann passieren grauenhafte Morde im Wandsbeker Gehölz. Wer ist der Mörder? Ist er von der Kripo unter den Überlebenden zu suchen, oder wird einer von ihnen das nächste Opfer? Ist ein Nachkomme von Sklavenhändlern oder der Sammler von Raubkunst aus der NS-Zeit der Täter? Viele Rätsel in einem spannenden Krimi und ein überraschendes Ende. Das alles mit einer Prise norddeutsch deftigem Humor. Der Wandsbeker Krimiautor Hans Garbaden hat sein Meisterstück abgeliefert.

Was geschah auf dem Priwall?
BoD ISBN 978-3-7357-3326-9

Während der Nazizeit befanden sich auf dem Priwall in dem zu Lübeck gehörenden Travemünde ein Militärgelände mit U-Boothafen, U-Bootwerft, Flughafen und Fluggelände. Für die Öffentlichkeit war der gesamte Priwall gesperrt. Erst nachdem die englische Besatzungsmacht nach Beendigung des Krieges die Anlagen durch Sprengungen dem Erdboden gleich gemacht hatte, konnte der Priwall wieder besiedelt werden. Heute hat sich die Natur das Gelände zurückgeholt. Wald und Wiesen, unter Naturschutz stehend, haben sich üppig entwickelt. Was einem noch begegnet, sind gesprengte Eingänge von Erdbunkern. Diese sollen durch unterirdische Gänge, die teilweise noch intakt sind, miteinander verbunden sein.

Der Autor schildert einen Bandenkrieg zwischen russischen Waffenschiebern und Neonazis in Litauen. Die erbeuteten Makarows und Kalaschnikows aus Beständen der Sowjetarmee gelangen auf illegalen Wegen in die Hände von deutschen Neonazis im Umfeld des National-Sozialistischen Untergrunds. Diese bunkern Waffen und Munition in den unterirdischen Gängen des Priwalls. Menschen, die ihnen dort zu Nahe kommen, werden kaltblütig umgebracht. Es kommt zu einem dramatischen Finale im Tunnel-System unter dem Naturschutzgebiet des Priwalls.

Mord & Totschlag
BoD ISBN 978-3-7392-7210-8

Am 3. Mai 1945 geschah in der Lübecker Bucht eine der größten Schiffskatastrophen. Mehr als 7.500 Menschen mussten sterben. Das ist der Ausgangspunkt, den der Autor zum Hintergrund seines in der Jetztzeit in den Ostsee-Küstenorten wie Lübeck, Travemünde, Scharbeutz und Neustadt spielenden Politkrimis machte. Ein bestialischer Serientäter, eine sehr neugierige Schnüfflerin in der Nachbarschaft, ein überflüssiger Ehemann und ein Rachefeldzug durch Schleswig-Holstein – in Hans Garbadens Kriminalerzählungen geht es blutig zu. Und am Ende kommt es stets anders, als man denkt. Spannende Unterhaltung mit norddeutsch-trockenem Humor!